光文社文庫

文庫書下ろし

しあわせ、探して

三《さん》田《だ》千恵

光 文 社

この作品は光文社文庫のために書下ろされました。

目次

一　歪《いびつ》な丸マーク

六月二〇日。携帯電話で今日の日付を確認してから、テーブルに手帳を広げ、「二〇」の数字を丸く囲む。背もたれに体を預け、真っ新なページに映える青インクをぼんやり眺めていると、頭の上にずしりと重みがかかってきた。

「おはよ、康生《こうせい》」

声を掛けると、頭上のそれ、もとい、彼——私の愛しき旦那様は、後ろから私をぎゅうと抱きしめて、「おはよう」と小さく呟いた。

「昨日、接待だったんだよね。たくさん飲んだの？」

朝に強い康生がこうも寝起きが悪いのは珍しい。心配になって、頭上に手を伸ばすと、彼の顔をそっと触ってみる。くせのある猫っ毛、ふわふわの福耳、髭の生えかけた口元まで撫でたところで、康生はくすぐったそうに身をよじらせた。

「うん。しこたま飲まされた。テキーラ一気飲みとか、何年ぶりだろうなあ。……ああ、まだ気持ち悪い」

はあ、と大きなため息をついた後、康生は気を取り直したように話し始める。

「だけど、そのかいあって、かなりの好感触だったんだ。今期の目標達成は間違いない。ボーナス、増えるかもよ」

相変わらず覇気のない、だけど、嬉しさの滲《にじ》んだ声で言われて、思わず苦笑した。

「嬉しいけど、無理しないで。我が家の財政も大切だけど、康生の体の方がもっと大事なんだから」

後ろから回された手のひらを包むように握りしめ、できうる限りの優しい声で告げると、康生は囁《ささや》くように「ありがとう」と口にして、

「だけど、大丈夫」

きっぱりと、そう言い切った。

「体調管理はできてるし、無理もしてない。前に言ったけど、今期の目標は営業トップなんだ。きっちり計画立てて、マイルストーン置いてあるから、今はそれを一つ一つ実行してるだけ。昨日の接待も予定通りだったし、今のところ、全てが順調。何の心配もいらないよ」

滔々《とうとう》と、自信たっぷりに話す康生の表情は見えないけれど、さぞかし愛想よく笑っているのだろう、と思う。彼は人当たりよく見えるけど、その実とても頑固で、そして、その頑固さを押し通す時は、いつも極上の微笑みを浮かべている。

弓なりに細くなった瞳、等しく上がった口角、右頰にできるえくぼ。うさんくさいほどのにこにこ笑いを思い浮かべると、少しだけイラっとして、握っていた手を思わずぱっと離してしまった。小さく息を吐きながら、テーブルの上に握りこぶしを置いて、平板な声で一言。

「……康生がそう言うなら、そうなんだろうね」

態度には出せても、言葉で反駁《はんばく》できないのは、康生の自信が努力に裏付けされたものだと知っているから。

康生と出会ってからもう八年、彼がいくつもの目標を立て、それを達成してきたのを、私はよく知っている。康生が有言実行の男だということは、他の誰よりよくわかっているのだ。

彼は自分で言った通り、体調を崩しはしないし、目標も予定通り達成する。だけど、そうであっても、疲れていることに変わりはないわけで……。

「私にできることあったら、遠慮せずに言ってね」

私は康生の妻だ。力になりたいし、頼ってほしい。

そう気持ちを込めて口にしたものの、

「うーん、気持ちはありがたいけど、何もないよ」

またもやきっぱり言われて、がくりと項垂《うなだ》れる。

こんな時、妙に気を回したりせず、正直に言ってくれるのが康生の良いところだけど、役立たずだと言われているみたいで、少しだけ傷つく。

こうなったら、無理やりにでも役に立ってやる。

ふつふつと闘志のようなものが湧いてきて、「よし」と心の中で気合を入れると、私は「あっ！」と、大きな声を出した。

「康生、喋るたびに、顎《あご》がツボを刺激してる！　そこ、確か下痢になるやつじゃない？　私、ただでさえお腹弱いのにっ」

彼の疲れを癒すために、道化を演じて、少しでも楽しい雰囲気を作ること。

私にできることは、もうこれしかない。

情けないが、こうなったらもうやけくそだ。大げさに身をよじらせて、わざとらしくむくれ面を作ると、康生はアハハと声を出して笑ってくれた。その無邪気な笑い声にほっとしながら、大げさな身振りで彼の顔をぐいと押しのける。

「ほーら、どきなさいっ！」

本気ではない、ケンカ風の戯れ。

お互いのノリを知る私たちだからこそ楽しめる、お遊びだ。

「大丈夫。このツボは百会《ひやくえ》って言って、自律神経を整えてくれるんだ。今の真子《まこ》に最適だから、このまま頑張れ」

「むーりっ！」

コント中の芸人さながらのオーバーリアクションでぶんぶん頭を振っていると、私の頭と康生の顎が、ごん、と鈍い音を立ててぶつかった。康生は「うう」と呻《うめ》き声をあげ、よろよろと一歩後ずさる。

「ご、ごめん」

癒すつもりが痛めつけてしまうなんて、何という失態だろう。

半身を捻《ひね》って窺《うかが》うように康生を見ると、彼は穏やかな顔で笑いながら、「良かった」と呟いた。音から察するに、結構痛かったはずだけど、疲労のあまり感覚が鈍っているのだろうか？

「……何が？」

下から顔を覗き込むと、康生はほっとしたように頬を緩ませている。

「何って、真子が元気だから。落ち込んでもないし、イライラもしてないし、朗らかだし」

「そりゃあ、そうだけど」

私は疲れている夫に対して、当たり散らすような鬼嫁ではない。

どうして？　と問うように康生を見ると、彼は黙ったまま、テーブルの上をじっと見た。

視線の先にあるのは、私の手帳。

先ほど書き込んだばかりの、歪んだ丸印。

それで、全てを察した。

「えっと、うん、大丈夫だよ」

動揺を笑顔で取り繕い、そそくさと手帳を閉じる。そのまま急いで机の端に押しやっていると、康生がひょいと手帳を奪い取った。

「ちょっと！」

慌てて叫ぶが、康生は悪びれた様子もなく、何食わぬ顔でぴらぴらとページを捲《めく》っている。

五月、四月、三月、三か月前まで遡っても、手帳には、文字は一つも書き込まれてはいない。そこにあるのは青いインクの丸印と、小数点以下二桁の数字だけ。

康生はしばらく無言で紙面を見つめた後、小さく笑った。

「昔はこれを心待ちにしてたのが、嘘みたいだな」

のほほんとした声で呟かれた軽口に、どんな思いが詰まっているか、私はよく知っている。

だけど、だからこそ、その思いに気づかないふりをした。

手帳をさっと奪い取ると、康生をじっと睨《にら》んで、

「人の手帳を見るなんて、悪趣味」

怒った振りをして顔をつんと背けると、康生は肩を竦《すく》めて、呆れたように笑った。

「手帳って言っても、何の予定も書いてないじゃん。真子、変なところにこだわるよなあ」

「それでも、嫌なの！」

今度は本気の声が出た。

康生は何かを言いたげにじっとこちらを見つめていて、その気まずさに耐えられず、私はすくと立ち上がる。うーん、と両手を伸ばしながら、どうにか心を落ち着けること数秒、康生と向かい合った。彼の肩をぐいと押し、今まで自分が座っていた椅子に座らせて、それから、こほん、と咳を一つ。

「朝ごはん、食べられる？　もし無理なら、フルーツだけでも」

にこりと笑顔を作ると、康生もふっと頬を緩め、小さく頷いた。

「全部食べる。というか、食べたい。真子、今日も立派な朝食作ってくれてるんだろ？」

「立派かどうかはわかんないけど、康生の好きな焼き鮭はあるよ。後、シジミのお味噌汁とホウレンソウのお浸し、ニンジンサラダにだし巻き卵」

「十分、立派。最高」

ぱちぱちと手を叩いて大げさに喜ぶ康生に、「ちょっと待っててね」と笑ってから、キッチンへ向かって、作っていた朝食をテーブルまで運んでくる。きれいに並んだ朝食を見て、彼は満面の笑みで「いただきます」と手を合わせ、宣言通り、全てを完食。その後、食後のコーヒーまできっちり飲み終えると、はっとしたように立ち上がった。

「もう、行かなきゃ」

ごちそうさま、と言い残すと、康生は超特急でスーツに着替えて、急ぎ足で玄関に向かった。しかし、革靴を履き、ドアノブに手を掛けたところで、ぴたりと動きを止め、突然、振り返る。

「真子、あのさ」

康生は神妙な顔で私を見つめ、しみじみと言う。

「俺、幸せ。真子のおかげだよ」

「あ、ありが、とう」

歯の浮くような言葉だって、さらりと言えてしまう、彼のそういうところに、私は何度も救われてきた。だから私も、彼に伝える。

「私が幸せなのも、康生のおかげ」

にっこり微笑むと、康生は気遣うように、私の頬を優しく触った。

「俺たち、これからもっと、幸せになれるよ」

「……うん？」

康生の言葉に、単なる愛情以上の何かを感じて、思わず首を傾《かし》げると、

「大丈夫だから」

康生はゆっくりと、幼子に言い聞かせるような優しい声で、そう言った。

その声の切実な響きに、私はようやく、その言葉の真の意図を理解する。

先ほど私の異変を察した康生は、私が今、落ち込んでいるのだと思っているのだろう。

そして今、私を元気づけようとしているのだ。

言葉が見つからず、顔を伏せる。

そのまま黙っていると、康生は私の頭に手をやって、くしゃくしゃと撫《な》でまわした。

「ということで、行ってきます」

そう言い残すと、康生はひょいと右手を挙げて、颯爽と外に出て行った。朝の光の中に消えるその背中を見送った後、ステンレスの扉がガシャン、と音を立てて閉まり、同時に私はへなへなとその場にしゃがみ込む。

「……ごめんね、康生」

誰に聞かせるでもない私の小さな呟きは、朝の澄んだ空気の中にするりと溶けた。

「……よし、やるか」

座り込んだまま呆然とドアを眺めること数秒、私はのろのろと立ち上がり、小さく息を吐いた。

康生を見送った後、その足で家事を始めるのが私の日課だ。

ソファーに座って寛いだり、コーヒーを飲んで一息ついたりはしない。誰からも見張られていない野放しの状態で一度気を抜いてしまえば、再びエンジンをかけることができない気がするのだ。

まず、手を付けるのは洗濯。シミひとつ残すことのないように、念入りに部分洗いしてから洗濯機に入れる。手洗い表示の衣服は、洗面器の中で一着一着押し洗い。生地が傷まないように裏返してから丁寧に干して、時折乾き具合をチェックする。洗濯がひと段落したら、次は掃除だ。部屋のすみずみまで掃除機をかけて、雑巾がけ。二度拭きすれば完璧。トイレとお風呂にも気を抜けない。スポンジとブラシで磨き上げ、専用のスプレーで除菌する。すっかり慣れてしまったルーティーンだけど、動作の一つ一つを意識し、できるだけ丁寧にこなすと、二、三時間はかかってしまう。

全てが終わると、ハンドドリップで淹《い》れたコーヒー片手に、ソファーに腰を下ろす。背もたれに最大限にもたれかかり、ふんぞり返った体勢で、きれいになった部屋と、ベランダで風に吹かれる洗濯物を見て、自己満足に浸る。そのひと時が、今の私にとって一番、心が満たされる時間かもしれない。それは……そう、会社帰りに居酒屋に立ち寄って、ビールをぷはーっと一気飲みした時の、まさにあの感覚に似ている。

まあ、当然と言えば当然か。かつて感じていたのは、仕事が終わった後の達成感。そして今の私にとっては、家事こそが仕事なのだから。

三か月前、私は転勤になった康生と一緒に、東京からここ、九州の大分県《おおいた》に越してきた。大学を卒業してから六年間勤務した出版社は退社し、現在は念願の専業主婦だ。

ずず、とコーヒーを啜《すす》ってから、自分に言い聞かせるように、ゆっくり口にする。

「頑張らなくちゃ、ね」

康生は家族のために、休み返上でがんばっている。私も見合った働きをしなくては。怠けることなく働き、ミスなく仕事をやり遂げなくてはならない。自堕落な生活にのさばることなく、堅実で地に足着いた良妻に、家族のために尽くすお母さんになる。

それこそが、康生の望みであり、私の夢でもあるのだ。

「よし」

気合を入れるように明るく呟くと、すくと立ち上がり、部屋の隅にある本棚に向かう。上から二段目、文庫専用の他の棚より幅広の一団に手を伸ばすと、一冊の本をするりと引き抜いた。

しろうさちゃんとくろうさちゃん

四隅がすっかり丸くなり、ところどころテープで補修されたボロボロの絵本は、四歳の時に母からもらった宝物だ。

もう一度、ソファーに座りなおすと、膝の上に絵本を乗せて、擦《す》り切れた表紙を丁寧に撫でる。表紙に描かれた、ふわふわのしろうさぎに微笑みかけてから、ひらりとページを捲《めく》った。

しろうさちゃんは、ふさふさつやつや、まっしろなけなみと、おにきすみたいにまっくろにかがやくひとみの、かわいいしろうさぎ。みみたれのままうさぎと、ぶちもようのぱぱうさぎといっしょに、やまのてっぺんにあるちいさなおうちにくらしています。

何十回と読んでいるのに、冒頭からワクワクが止まらない。

早くページを捲って続きを読みたい気持ちと、今、このシーンをもっとゆっくり味わっていたい気持ちが半分ずつ。葛藤の末、できるだけゆっくりページを捲りながら、私は物語の世界に没頭していく。

物語の大筋は、そう複雑なものではない。

主人公のしろうさちゃんは、美しい毛並みの白うさぎで、働き者のパパと優しいママと一緒に小さな一軒家で暮らしている。しかし彼女は、ある日、真っ黒な沼に落ちてしまう。しろうさちゃんは、真っ黒でガサガサの汚いうさぎに早変わり。怖くて泣き続けたせいで、ルビーみたいに美しい瞳は濁ったようになるし、鈴の鳴るような声もガラガラに掠《かす》れてしまった。村の皆は、しろうさちゃんにいつものようには優しくしてくれない。だけど、両親だけはその存在に気づき、彼女は温かく迎えられる。

だいすきよ。けなみのいろつやも、ひとみのかがやきも、こえのひびきも、どうでもいいの。だいすきなのは、しろうさちゃんが、しろうさちゃんだから。

彼女が彼女である、それだけで愛おしいと語る両親に抱きしめられて、自分は幸せだと思うしろうさちゃん。

しろうさちゃんは、しあわせうさぎなのです。

数あるシリーズ作の最後はいつもこう〆《しめ》られていて、このしろうさちゃんという名前は、一連の絵本のシリーズ名にもなっている。

とにもかくにも、しろうさちゃんシリーズは、ほのぼのとしたストーリーと、簡単なのにぐっとくる言葉のチョイス、さらにはかわいらしいイラストが見事に相まって、小さな子どもから大人まで、ほっこりとした温かい気持ちになることができる、素晴らしい絵本なのだ。

だけど、母がこの絵本をプレゼントに選んだのは、内容やイラストが素晴らしいからという、それだけの理由ではない。

ここに、「正しく幸せな家族」というものが描かれているからだ。

そしてその「幸せな家族」は、私が目指している理想の家族でもある。

物心ついた時から、私には父親がいなかった。

我が家の家計は当然母が支えてくれていたわけだけど、当時の母は、まだ事業を起こしたばかりで稼ぎが良いとは言えず、はっきり言えば、我が青木《あおき》家（私の旧姓だ）はとても貧しかった。オモチャは買ってもらえず、食事も質素。母は多忙で遊んでもらえる時間も少なかった。

だけど、驚くべきことに、私は幸せだった。

理由は単純、母のことが大好きだったから。

私は母を、世界一素敵な女性だと思っていた。優しいし、美人だし、時間がある時は全力で遊んでくれる。お休みの日にはのんびりした雰囲気だけど、仕事の日はスーツをぴしりと着こなして、カッコいい女の人になる。

母に似ていると言われるのが何より嬉しかったし、このまま将来も、母のようになりたいと思っていた。髪は長く伸ばして、ふんわりパーマをかける。ヒールのついた大人っぽい靴を履く。しっかり仕事をして、子供だって一人で育てる。そうやって、母と同じ人生を歩むのだと、そう思っていた。

それを母に伝えたのは、四歳の誕生日の少し前のこと。

母の顔がぴきっと固まるのがわかったけど、当時の私に、その理由はわからなかった。

だけど、今ならわかる。母はあの時、私の家族観にショックを受け、責任を感じ、どうにかせねばと焦《あせ》った。そして、考えた末、誕生日の贈り物を、あの絵本にすることを決めたのだ。自分のせいで歪《ゆが》んでしまった私の価値観を修正するために。


四歳の誕生日、もらったばかりの絵本を母の膝の上で読んでもらった後、しばらくの間、何も考えることができなかった。

絵本の最後のページにあるうさぎ一家のイラスト――この世の幸せを詰め込んだような、極上の笑顔を浮かべるうさぎたちのものだ――が心から離れず、心に染みわたるじんわりとした温かさに浸ってしまったのだ。

しかし、ややあって、ふと我に返った時、その心地よい温かさの中に、かすかなもやが紛れ込んでいることに気が付いた。初めて湧いた感情に戸惑った私は、思いついたことを、そのまま母に尋ねてみたのだった。

「ねえ、ママ。どうしてうちには、パパがいないの？」

私の問いを聞いた瞬間、母はほっとしたような顔になり、私にこう尋ねた。

「真子、パパがほしくなったの？」

しかしその微笑みは、私が「うん」と頷いた瞬間、みるみる消え去った。

娘が一般的な価値観を持ち始めたことは嬉しいけど、実際問題、うちの現状はどうしようもない。もしかして、自分がしたのは、残酷なことだったのではないだろうか？

葛藤と動揺、今ならその複雑な気持ちがわかるけれど、当時の私にそんなことはわかるわけもなく――。

「ねえ、どうして？　まこのパパはどこにいるの？　まこも、しろうさちゃんみたいになりたい」

先ほどよりも強く、母を追及した。

私の心に芽生えたもやは、今思えば、羨望だったのだろう。私は、両親が揃っているうさぎ家族に憧れ、彼らみたいになりたいと思った。そのために必要なもの、彼らにあって、自分にないものは明らかで、だから自然と父の不在が気になったのだ。

「パパがどこにいるかはわからない。真子が生まれる前にお別れしちゃったから。……パパ、ママのことが嫌いになっちゃったみたい」

しどろもどろに言う母の困り顔を、私は今でも覚えている。

その時はまだ、父が母を捨てた、という残酷な事実までは知らなかったけど、それでもこれ以上、深く聞いてはいけないことはわかった。黙り込んだ私に母は小さく「ごめんね」と呟いて、ややあって、良いことを思いついた、とばかりに微笑んだ。

「でも、真子はしろうさちゃんになれなくても、将来、ママうさぎになれるわ」

「ママうさぎ？」

「うん、ママうさぎ。ママうさぎのことが大好きなパパうさぎと一緒に、しろうさちゃんを可愛がってあげるの。ママうさぎって、しろうさちゃんに負けないくらい、しあわせうさぎだと思う」

「だけど、まこはママみたいになりたい。まこ、ママににてるから、ママみたいになるほうがいいとおもう」

うさぎ一家を羨ましくは思ったものの、私の心には、依然として母への憧れも残っていた。

絵本の中のママうさぎのことはよく知らないけれど、目の前の母のカッコよさは、十分すぎるほど知っていたから。

母は一瞬、表情を失った後、泣き笑いのような顔になった。

「ママね、本当はママうさぎみたいになりたかった。ずっとおうちにいて、真子と遊んで、お料理とお掃除して、パパと仲良くしていたかった。そうできたら、幸せだなあって思ってたの。――だから、真子がママに似てるなら、ママうさぎみたいになってほしいな。そっちの方が幸せになれるから」

縋《すが》るように見つめられ、ぎゅうと両手を握られた。

母の言葉の全てを理解できたわけではなかったけど、それが確かな本音だということはわかった。

「ね、お願い。真子」

母は絵本を通して、私に「幸せな家族」を教え、そこへの道筋を照らしてくれたのだ。

そして私は、母の思惑通り、絵本の中に未来の自分を当てはめた。

「うん、まこ、ママうさぎになる」

働き者のパパうさぎと家族思いのママうさぎ、元気いっぱいのしろうさちゃんの三人家族。幸せいっぱいの、未来予想図。それが、その時、母が、そして私が心に描いた理想の家族だった。

そして、そのまま私は大人になり――。

今まさに、かつて思い描いた未来を掴もうとしている。

働きもののパパうさぎ、康生がいて、ママうさぎの私は、家族のために尽くしている。

後はもう、しろうさちゃん、だけなのだ。

東京を去る時、康生は「子どもを作ろう」と提案した。

私が了承すると、彼は文献を読んで、子作りのために必要な知識を詰め込み、そして、子どもを作るための最短距離を私に提示した。

「まず初めの第一歩として、生理周期を把握すること。生理日と、毎日の基礎体温を手帳に付けるようにして」

手帳に書いた丸印、あれは私の生理の記録。小数点以下二桁の数字は、基礎体温だ。書き留めているのは康生の指示があったからなのに、今朝の私は、他ならぬ康生に、手帳を見せるのを拒んでしまった。

おかしいと、康生も勘づいていた。

だからこそ、彼は「大丈夫だよ」と言ったのだ。

私が、子どもができないことにショックを受けていると勘違いし、慰めるために。

仕事ができるだけじゃなく、妻に優しいなんて、どこまで理想的な夫なんだろう。

とてもじゃないが、私に釣り合わない。

はあ、と大きくため息をついて、ずるずるとソファーに埋もれていく。

何も考えたくない。このまま、お昼寝でもしてみようか。

瞳を閉じても一向に眠くならないのは、ちっとも疲れていないからだ。家事を済ませたとはいえ、体はそれほど動かしていない。何か難しいことを考えたわけでもなく、どこかに出かけたわけでもなく、私は多分、このままのらりくらりと一日を過ごすのだろう。

無意味な一日だな、と思った瞬間、何だか一気に疲れた気がした。

そんなわけないのに。

自嘲的な笑みが漏れた。


昼ご飯を食べ終えた後、食器を洗っていると、ポケットの中で、突然携帯が震え始めた。

「誰、だろ？」

この振動は携帯電話のバイブレーションだ。長さからいって、メールではなく、電話だろう。真面目人間である康生は、よほどのことがない限り、仕事中に電話はしないし、他に心当たりはない。とはいえ、考えていても仕方はない。

急いで手を洗い、携帯電話を取り出して、思わず画面を凝視する。

「……と、鳥《とり》ちゃん？」

画面に表示された名前は、鳥田美穂《とりたみほ》。高校時代からの付き合いで、社会人になってからも縁が続いている数少ない友達の名前だ。

電話を取ろうと画面に近づけた指を、寸前で止める。

話したくないと、そう思ってしまったから。

鳥ちゃんは、東京にいた時よく一緒に出かけていた、仲の良い友達だ。東京を離れてから三か月間、連絡は取っていなかったけど、それは、彼女が会話を酒の肴として楽しむタイプの人間だからで、決して仲が悪くなったわけではない。こっちに来たらまた連絡して、別れ際に笑顔でそう言われた時のまま、関係は良好なはず。それなのに、今、弾んだ気持ちで電話を取ることができない。

怖い。

思うと同時に芽生えた罪悪感を押し込め、携帯を握りしめた。

誰も見ていないとわかっているのに、笑顔を作って、画面をゆっくりタップする。

小さく深呼吸してから、意識して明るい声を出した。

「もしもし、鳥ちゃん？」

ごくりと唾を飲んで、喉の渇きを誤魔化すと、「久しぶりだね」と、続ける。

「真子、久しぶり」

鳥ちゃんの声は潑剌《はつらつ》としていて、頻繁に会っていた頃と変わらなかった。気負ったところのない、普通の声色、普通の喋り方。私と話すのが楽しい、そういう気持ちが伝わってきて、嬉しい反面、憂鬱な気持ちになる。

「久しぶり。突然、電話してきたってことは、何かあったんでしょ？」

動揺を悟られないように早口で尋ねると、鳥ちゃんはえへへと笑って、「そうなんです」と、答える。

「突然ですが、ご報告がありまして」

かしこまった口調での、ご報告。

これは、もしかして……。

「私事ではありますが、結婚することになりました」

嬉しい報告に、電話を取る前の恐怖心も忘れて、心が浮き立つ。

「鳥ちゃん、やっとだね。本当におめでとう」

気分が高揚し、自然にはしゃいだ声が出て、何だかほっとした。

「ほんと、やっとだよ。信《しん》ちゃん、思い切りが悪いから、一二年目にしてやっとの進展」

鳥ちゃんの恋人、信ちゃんは高校の時のクラスメイトで、短髪の下の大きな瞳がよく動く、大人になった今でも少年らしさが抜けない可愛い青年だ。二人の結婚は、私にとって心から喜ばしい出来事だった。

「ラブラブだったから、いつかは絶対結婚すると思ってたけどね。何かきっかけとかあったの？」

「それがさ、ダブルでご報告があるんだ」

打って変わって、くだけた口調の鳥ちゃんのご報告に、首を傾げる。

「うん。何？」

「実はね、『できた』の。いや、授かったって言った方が良いのかな？」

鳥ちゃんの困ったような、それでいて、浮かれているような声を聞いて、思わず息を呑む。

「それって――」

喉がからからで、これ以上言葉を続けられない。

ごくりと唾を飲みこんでから、やっとの思いで口を開く。

「赤ちゃん？」

鳥ちゃんの口調から、深刻な問題にはなっていないことはわかる。最近はそう珍しい出来事でないことも知っている。それでも、私は動揺せずにはいられなかった。

「そう。初めは焦ったけど、結果としては良いきっかけになったかな。両親も信ちゃんのことはほぼ婚約者みたいに思ってたから、驚いてはいたけど、責めたりしなかったし」

鳥ちゃんは、朗らかな声で笑うと、意気揚々と続ける。

「だから、式は急ピッチ。二か月後、八月二二日、土曜日です。予定空いてたら、来てほしいなー、そんで、できたらカメラマンやってほしいなー、なんて」

言葉を失ったのは一瞬、すぐに「了解」と返事をする。

手帳なんて見なくてもわかる。今の私に予定なんてない。

「楽しみにしてる。だけど写真は……私でいいの？　絶対に、プロに頼んだ方がいいと思うよ。せっかくの式なんだし」

女性が人生で一番輝くと言われる結婚式、その一大イベントの記録を素人の私に任せるなんて、どうかしている。真面目な口調で説得するが、鳥ちゃんは呑気な声で言う。

「えー、知りもしない相手に近くでカチャカチャされるより、真子に頼んだ方がいいよ。それに私、昔から真子の写真が好きなんだ。成人式の時だって、写真館のよりも、真子に撮ってもらった奴の方が可愛く撮れてたし」

中学時代にカメラを買ってから、高校、大学と、私はずっと、グループのカメラ係だった。きちんと勉強したわけではないし、特別な道具も持っていないが、私の写真は友達の中では評判で、好きな人に送りたいから、という理由で、友達の友達の友達、なんていう他人からも撮影を頼まれたことがある。

「信ちゃんも、真子の写真の方がいいって言ってるよ。昔の写真見返してもね、やっぱり真子の撮ったのだけ、何か違うんだもん」

高校時代、鳥ちゃんと信ちゃんのツーショットを山ほど撮った。無邪気な笑顔が可愛い二人が並んでいるところをファインダーに収めると、それだけで良い絵になり、心が浮き立ったものだ。

「ね、嫌じゃないなら、お願い！　報酬、弾むからさ」

切実さの滲む声で言われたら、ぱちんと手を合わせてこちらを見つめる鳥ちゃんが想像できてしまい……。

「わかった。鳥ちゃんがいいなら、カメラマン、やるよ。報酬は別にいらない」

緊張するなあ、と思いながらも、少しだけ楽しみな自分がいる。

何だかんだで、私は写真を撮るのが好きなのだろう。

よし、当日までに、いっぱい練習しよう。

「ありがとう。あーっ、式が楽しみ！」

多幸感に包まれたその声にはっとして、私は慌てて口を開く。

「……あ、あのさ、おめでとう。赤ちゃん、元気に産んでね」

言葉にしてみて、改めて思う。

子どもを授かることは素晴らしいことなのだ。

だけど、いいのだろうか？

祝い事だと理解しているのに、頭の片隅に、かすかな疑問が生まれる。

鳥ちゃんはパワフルな女性だ。仕事も楽しいと言っていたし、趣味もたくさんある。子どもができたら、やりたいことができなくなる。予想外の妊娠を、本当に喜んでいるのだろうか？　おめでとう、なんて言って、良かったのだろうか？

「ありがとう」

だけど、私の心配をよそに、返ってきた鳥ちゃんの声は心からの喜びに溢れていた。

彼女の気分を害さなかったことにほっとしていると、

「ねえ、真子。最近、どう？」

溌剌とした声で尋ねられ、頭が真っ白になった。

この問いかけこそが、私が怖かったもの。

東京に住んでいた頃、鳥ちゃんとは毎週のように飲みに出かけた。互いの会社から近い激安居酒屋、ご飯が美味しいイタリアン、お洒落なバーと、集まる場所はさまざまだったけど、乾杯をした後、一番初めに言う言葉は決まっていた。

最近、どう？

互いの近況を問う言葉。

「どうかなあ」

言葉を濁すと、鳥ちゃんはケラケラと笑った。

「えー。色々お話聞きたいなあ。既婚者としては先輩でしょ？」

久しぶりに話すのに話題がないなんて、そんな訳ないよね？

そう言いたげな鳥ちゃんの声を聞いて、どうして良いかわからなくなる。

「ねえ、結婚三年目の夫婦生活、どんな感じ？　最近、どう？」

本日二度目の「最近、どう？」。

好奇心たっぷりの瞳でにんまり笑う鳥ちゃんの顔を思い浮かべながら、一つ息を吐いて、ようやく覚悟を決める。

「こっちに来てから、毎日が同じような生活で……正直、話せるようなことは、何もないんだ。康生と変わらないやり取りをして、ルーティーンの家事をして、それだけ。興奮して語っちゃうようなことも、泣きながら愚痴っちゃうことも、一つも起こってない。すごく平和で、穏やかな日々を過ごしてる」

鳥ちゃんはどんな話も受け入れてくれる、懐の深い友達だった。

康生との楽しいデートの報告には、「惚気《のろけ》るな」と突っ込みながらも、嬉しそうな顔をしてくれたし、頭の固い上司との衝突を愚痴ると、当人である私以上に熱く怒ってくれた。

良い出来事も、悪い出来事も、日常からはみ出したものなら何でも、彼女は喜んで話を聞いてくれた。だけど、今の私の毎日で、日常からはみ出すものは、少しもない。

トラブルは起こらず、悩みもない穏やかな日々では、昔なら話題の大半を占めた愚痴すらも出てこない。

そして、そんな私の生活は……。

「毎日、すごく、幸せだよ」

私には驚きの報告も、きゅんとするのろけ話も、溜まっている愚痴すらもない。何気ない毎日、平和な日常、これを幸せと言わずに何と言おう。

「本当？」

鳥ちゃんの怪訝《けげん》そうな声に、「うん」と、少しだけ上ずった声で返事をする。

しばらくの沈黙の末、口を開いたのは鳥ちゃんだった。

「ねえ、真子、変だよ？　久々の友達に話すネタもない毎日なんて、つまんないに決まってるじゃん」

鳥ちゃんは申し訳なさそうに言った後、呆れたように続ける。

「転勤でそっち行っちゃったのは仕方ないけど、もっと他に、何かさあ……」

鳥ちゃんが言葉に詰まった瞬間、私はこれ幸いと口を挟む。

「大丈夫。今のままでいいの。私と康生はうまくいってる。仕事のストレスもない。こうなりたいって、ずっと思ってたんだ」

そう、私たちの夢は叶う。

「本当に、幸せだから」

先程よりゆっくりと、大きな声で口にした。

鳥ちゃんを、そして自分を、安心させるために。

「……そう。なら良いけど」

鳥ちゃんは、言葉とは裏腹に、納得いかないといった声で言うが、私はそれには気づかないふりをした。呑気な声で結婚式の準備状況について尋ね、しみじみと思い出話をして、そのうち鳥ちゃんの方から、「もうそろそろ」と言われた時は、心の底からほっとした。

「またね」

鳥ちゃんは最後、明るい声でそう言った。

しかし、その「また」が来るのを、気が重いと感じてしまう私は、冷たいだろうか。次の電話でも鳥ちゃんに近況を聞かれるかもしれない。その時、私は今日と同じで、何も答えることができないのだ。

はあ、とため息を一つついてから、のろのろと洗い物を再開する。

洗いかけのマグカップを手に取ると、描かれているリトルミイと目が合った。

「そんな顔、しないでよ」

そう言えば、このカップは結婚祝いに鳥ちゃんがくれたものだ。こちらをじっと睨むミイは不貞腐《ふてくさ》れていて、叱責しているようにも同情しているようにも見える。電話を切った時の鳥ちゃんは、こんな顔だったのかもしれない。

何だか見ていられなくなって、ふいと顔を背けると、壁掛けの時計が目に入った。

一三時を少し、過ぎている。

「やばっ。一時間も遅れた」

乱暴に手を拭いてから、食器棚の引き出しを開けた。

取り出したのは、家計簿の下に隠したポーチの中にある、アルミ製のシート。入っている小さな錠剤を一粒、丁寧に取り出すと、口に入れて、ごくりと飲み込んだ。するりと喉を流れて、胃の中でゆっくりと溶けていく小さな丸い粒を想像した瞬間、――とてつもない罪悪感が襲ってくる。

じくじくと痛み始めた胸にそっと手を当てながら、先程の鳥ちゃんとの会話を、そして、朝、康生としたやり取りを思い出した。

真子、変なところにこだわるよなあ。

手帳を見られることを嫌がった私に、康生はそう言ったけど、あれは間違いだ。私にはこだわりなんてないし、隠し事がないなら、予定だって見てもらってかまわない。

私は単純に、手帳を見られて困ったのだ。

何も予定がない手帳に存在感を主張する青マーク。

毎月きっちり二八日周期で記された意味を、康生は気づいていないのだろうか。

私は今まで、生理の周期が安定したことがなかった。

ホルモンバランスが不安定だったからか、私は生理日が近づくと、目に見えて不機嫌になり、康生を困らせたものだ。いや、そんなことより……私の機嫌以上に彼が困ったのは、妊娠の可能性だろう。

「大丈夫かな？　本当にごめん。万が一があっても、心は決めてるから」

子供ができることがマイナスだった学生時代、初めから終わりまで、きちんとコンドームをつける几帳面な康生が、生理が来なくなるたび、それでも心配して謝罪し、私を慰めていた。

それが、この三か月間、きっちり二八日周期で生理がきている。

康生は……本当に気づいていないのだろうか？

私は康生のことを裏切っている。

浮気はしていない。お金のやりくりも上手くなったし、洗濯に掃除、料理だって問題はないはずだ。

だけど、この小さな錠剤で、康生の願いを阻止している。

この土地に越してきてほどなく、私は産婦人科でピルを処方してもらった。

「まだ子どもを作る気はないんです」

そう、嘘をついた。

真剣に実用書を読む康生、子どもの名前を考える康生、子どもを加えた三人での生活を語る康生。心の底から嬉しそうに笑う康生を、私は裏切っている。

平穏な日常が何事もなく過ぎていく。それは「幸せ」と呼ぶにふさわしいはずだ。

そしてその延長上に、さらなる幸せ――私と康生のゴールが待っていることも知っている。

それがわかっているにもかかわらず、私は、今の、この平穏が怖かった。

鳥ちゃんの言葉に、あんなにもむきになってしまったのは、図星を突かれたからだ。

友達に愚痴を言うネタさえもない、そんな日常をつまらないと、私は心のどこかで感じている。以前の、迷いや苦しみが介入する忙しい生活を懐かしいと思ってしまうくらいに。

穏やかな今の生活が幸せだと、幸福感に浸る時もある。

なのに、そこに囚われることを恐ろしく感じる時もあるのだ。

もし子どもができたら、今の平穏な日常から永遠に抜け出せない、と。

その幸せを受け入れたからといって、康生がいつまでも傍にいてくれるという証になるわけではないのに……なんて、そんな理不尽極まりない考えさえも、浮かんでくる。

こんな変なことを考えるのは、時間が有り余っているせいだ。

東京で、康生から転勤の話を聞いて、子どもを作ろうと言われた時は、素直に頷くことができたのだから。

大学を卒業して、念願だった絵本の出版社で働き始めた。がむしゃらに仕事をし、じっくりと何かを考えることもなくなっていた。今は無駄な時間があるから、考え過ぎてしまうのだ。

何度も自分に言い聞かせる。

子どもができたら忙しくなる。今みたいな不安に駆られることもなくなる。平凡だけど、きっと楽しい毎日だ。康生だって今よりは家にいてくれるだろう。

そうわかっていても、どうしても薬に頼らずにはいられなかった。

もう少しだけ、もう少しだけ。

康生もやがて不審に思うだろう。不妊症を疑うかもしれない。

だから、本当にもう少しだけ。

決心をつけるまで。

願うように、アルミのシートをぎゅっと握りしめる。

鳥ちゃんに、このことを正直に相談したら、少しは気が休まっただろうか。はっきりと、私を説得するだろう鳥ちゃんの言葉に、納得してすっきりしたのだろうか。妊娠の報告をする鳥ちゃんの、迷いなどない嬉しそうな声が頭にこだました。

*

康生と出会ったのは、大学二年生の冬のこと。生まれて初めて参加した合コンに、彼もまた、参加していた。

そんなチャラチャラした場所（と、当時は思っていた）で、将来の伴侶に出会うなんて思ってもいなかった私は、当初、誘いを断るつもりだった。

当時の私は実家暮らしで、大学へは毎日一時間もかけて通学していた。合コンの会場は大学近くの居酒屋で、スタートは夜八時。帰宅するのは深夜になる。出会いを求めているわけでもないし、正直面倒くさい。そう思っていたのだけど……。

「真子、一番いい男、ゲットしようね。私は今、彼氏いるけど、真子の相手探したいし、一緒に行く。ちゃんと見極めてあげるからねっ。あ、飲み会の後、うちに泊まりなよ。お泊まり会しよう」

親友の香織《かおり》からはしゃいだ声でそう言われて、断れなくなってしまったのだ。

小学生時代からの友達である香織と私の地元は同じだったけど、香織は進学を機に家を出て、マンションを借りていた。大好きな親友からお泊まり会に誘われたのが嬉しくて、合コンはあくまで、そのついでと考えていた。


当日、大学が終わった後、私は香織のマンションを訪れていた。

せっかくのコンパに普段着で臨もうとした私を、香織が「モテ女に大改造してあげる」と自宅に誘ったのだ。髪の毛をセットされ、普段より濃い化粧を施され、香織が選んだ服を着せられた私は……見事、夜のお姉さん風のギャルに変身していた。正直、自分でも引くくらいの別人っぷりだったたし、この姿の方がモテるとは到底思えなかったけど、出会いを求めているわけではなかった私は、まあいっか、とそのまま会場に向かうことにしたのだった。

そして、夜八時、間接照明が照らす薄暗い個室で、私と香織を含めた女子六人は、男の子六人と、テーブルを挟んで向かい合っていた。無理やり上げたおかしなテンションで自己紹介した後は、隣の席の男の子と何でもない話をしていたのを覚えている。

初対面同士が話しているという気まずさを馬鹿話で誤魔化して、ぎこちない雰囲気がどうにか和らいできた時、私の電話が鳴った。画面を見て、母からだと気づいた時、おかしいな、そう思ったのは、今朝、今晩用事があるということを告げていたからだ。

母は気遣い屋だ。それがたった一人の肉親の愛娘であっても、楽しい時間に横やりを入れるようなことはしない。余程の用に違いないと、そう思った。話していた男の子に一言謝ってから、急いで騒がしい部屋を出ると、電話を取った。

「真子、ごめん。帰りにポカリ買ってきて。母さん、風邪みたい」

どうしたの？　と聞くより先に、掠れた声が聞こえてきた。

「大丈夫？　熱、あるの？」

「うーん、ちょっと、ね」

でも大丈夫、そう言った直後、ケホケホと咳き込む音が聞こえる。

「ごめんね、あ、遅くなっても構わないから、とにかく……ポカリだけ、よろしくね」

いつもより滑舌《かつぜつ》の悪い、ぼんやりした物言いの彼女は、頭がうまく回っていないのだろう。おそらく私が今晩、外泊するということも忘れているのに違いない。

「薬ある？　ないならそれも、買って帰る」

「切れてる、みたい」

「すぐ帰る……といっても、一時間くらいはかかっちゃうけど。とにかく、休んで待ってて」

「急がなくていいよ。真子、ありがとうね」

ぷつりと電話が切れた後、部屋に戻ると、幹事に事情を説明して、抜け出すことを詫びた。話を聞いた全員が「大変だね」とか「いいよ、いいよ」と言ってくれたけど、どこか呆れたような顔をしている人もいて、私はそれに少しだけ傷つきながらも、ここに留まるなんて選択肢は浮かびもしなかった。香織には申し訳ないけど、この場で会ったばかりの他人より、母の方が大事に決まっている。

だけど、携帯で電車の時刻表を調べているうちに、思わぬ情報が飛び込んできた。

「やばい。電車、人身事故で止まってるらしい」

はあ、と大きなため息をつくと、香織が「どうするの?」と気遣わしげに聞いてきた。

「タクシー使う。仕方ない」

バイト代が一気に吹き飛ぶが、そんなことは気にしていられない。私たちは母一人、子一人、の二人暮らし。あんな状態の母を一人にはしておけない。

代金を幹事に渡して、「じゃあ」と手を挙げ、そそくさと部屋を出ようとした時、香織が私の服の裾を引っ張って、悲痛な声を上げた。

「真子、待って! ネット情報だと、タクシー、全然捕まんないみたいだよ」

「……嘘。どう、しよ」

呆然としていると、ポンと肩を叩かれた。

「送ってくよ」

さりげない口調で言いながら、素早く上着を羽織っているその人は、一番遠い席に座っていた、まだ一言も話していない男の子だった。

羨ましくなるくらいのさらさらな黒髪と、理知的な瞳が印象的な男の子。特に目立つところがあるわけじゃないけれど、立ち振る舞いが堂々としているからか、妙な存在感があった。

「俺、バイクだし。飲んでないし、大丈夫」

彼はにこりと笑ってそう言うと、てきぱきと荷物をまとめ始めた。幹事に代金を支払うと、騒然とする空気を無視して、私の手を引っ張り、外に連れ出した。

「急いでるんでしょ？　早く行こう」

「う、うん、ありがとう」

それが、私と康生の出会いだった。

後で香織から聞いたことには、私たちが帰った後、場は一気に盛り上がったらしい。

普段、恋愛に積極的とはいえなかった康生の「らしくない行動」に、彼が私に一目惚れをしたようだ、と仲間たちが騒ぎ立てたのだ。

その後、彼からデートに誘われて、告白され、恋人になり、しばらく経った頃までは、実は私もそう思っていた。だけど、次第に付き合いが深くなり、彼の性格がわかるようになって……気づいてしまったのだ。

康生はあの時、私自身に惹かれたのではなく、条件に見合った珍しい女の子、が気になっただけなのだ、と。

康生はとても真っ当で、真っ直ぐで、真面目だ。

大きなことでも小さなことでも、目標ができたら、まずは計画を立てて、それを一つ一つ、実行していく。慎重に、段階を踏んで、きちんと努力して、必ずそれを叶えてみせる。

模範的なほど健全で、だからこそ、とてもわかりやすい。

「俺の両親、すごく仲が悪かったんだ。だから俺、絵にかいたような仲良し家族ってやつに憧れてるんだよね。真子となら、そうなれる気がする。いいお母さんになりそうだって思ってたし」

康生が学生のころから度々口にした、プロポーズまがいの言葉、それが全てを物語っている。

つまり、彼は「仲良し家族を作る」という目標を立てて、それを叶える一歩として、私と付き合った。彼が私を選んだのは、「私が家族を大切にしている」という一点においてだろう。

と、考えると、何だか寂しいような気もするけれど、付き合ってからの康生は申し訳ないほどいい恋人だったから、文句を言うつもりなどさらさらない。

むしろ康生の方が、文句を言いたい気分だろう。

恋人時代、「専業主婦になって、家族に尽くしたい」と散々言っていたくせに、私は結婚しても、仕事を辞めなかった。念願の出版社に就職し、大好きなしろうさちゃんシリーズの作者、望月《もちづき》先生の担当になったからだ。康生はそれを責めることなく、了承してくれた。

そして今、ようやく専業主婦になったのに、私は子どもを作ることを拒んでいる。

*

まだまだ明るい空を見て、今住んでいるここが、東京よりはるか西にあることを、ふと実感する。まだ肌寒さの残る初夏、六月の夜七時には、東京の空はぼんやり薄暗くなっていたはずだ。オフィスから見ていた東京の空を思い出すと、少しだけ感傷的な気持ちになって、振り切るように、落ちていた小石を軽く蹴飛ばした。

食材の買い出しをする時間は、日が暮れてから、と決めている。店内が比較的空いているし、残り物のセールが始まっていて、お得に買い物できるから。康生の帰宅は遅いので、この時間に出かけても、十分夕食に間に合うのだ。

スーパーまでは徒歩一〇分、のんびりと歩を進めながら、夕食のメニューを考える。

昨晩、康生は料亭で割烹料理を食べたはずだから、今日は洋食にしよう。睡眠不足で疲れているだろうから、栄養たっぷりのチキンスープ。それから私の一番の得意料理、たっぷりのバターを使ったオムレツと、康生の好きなカプレーゼ。冷蔵庫の中に卵とチーズはあったから、買うものはチキンとトマト、バジルにジャガイモ、コンソメももうなかったなあ。

何だか私も主婦らしくなってきたな、なんてことを考えているうちに、スーパーに到着した。買い物をさくさく進めてレジに通し、食材を袋にまとめる。時計を見ると、七時半、買い物が終わるいつもの時間だ。小さな満足をかみしめ、スーパーを出た、その時だった。

「あの、すみません」

後ろから声をかけられた。

知り合いにかけるような、親しげなものではない。緊張と興奮が入り混じった声。若い男の子のものだ。

ナンパかな？

頭に過《よぎ》った考えを、ないないない、首を振って急いでかき消した。

私はもう二〇代も後半、声の主に見合った若さは持っていないし、すっぴん眼鏡、ジーンズにパーカーという所帯じみた格好、しかも両手には、スーパーの買い物袋。そんな生活感溢れる女を誰がナンパなんてするだろう。落とし物でもしたのか、道でも聞きたいのか、きっとそのどちらかだ。

「はい？」

振り返ると、何のことはない。学ラン姿の高校生だった。一瞬でもナンパかと疑った自分が馬鹿らしい。彼からしたら、自分なんてもう「おばさん」だ。

「どうかしました？」

せめて「おばさん」ではなく、「お姉さん」だと思われたくて、愛想の良い笑顔を作る。落とし物は知らないし、道も詳しくないけれど、できる限り力になるよ、そんな思いを込めたのだ。男の子はそんな私のメッセージを受け取ったのか、ほっとしたように表情を緩ませた。

「突然、すみません」

彼は申し訳なさそうに言うと、スーパーの隣にあるドーナツチェーンの店を指さして、ぎこちなく微笑んだ。

「少しお話ししたいんですが、あそこでお茶でもどうですか」

「……は？」

思わず、素《す》っ頓狂《とんきょう》な声が出た。

これは、つまるところ……やっぱり、まさかのナンパ？

ということは、この少年、かなりの年上好きなのだろうか？

目の前の少年をまじまじと見つめてから、何かの間違いだ、と思い直す。

少年は、ありていに言って、好青年だ。染められた形跡が全くない黒々とした短髪に、手の加えられていない男らしい眉毛。服装だって、下手にいじったダボダボのズボンではなく、すっきりと着こなしている。顔立ちも整っているし、女の子にもモテるに違いない。とてもじゃないが、買い物帰りのいかにもな主婦をつかまえて、お茶に誘うようには見えない。

考えられる可能性としては、これは何かの罰ゲームで、今現在も友達が見守っているとか。もしくは、お金がなくて、通りがかりの私に食べ物をたかろうとしているとか。しかし、辺りは閑散として、人が隠れている様子はない。身なりから察するに、お金に困っているようにも見えない。だとすれば、どうして……。

「だめ、ですか？」

思考を遮《さえぎ》ったのは、切羽詰まったような彼の声だった。

縋るような瞳で見つめられ、少しだけ逡巡した末、私はにこりと笑って頷いた。

「いいよ。ただ、生もの買っちゃってるし、少しだけ、ね」

「ありがとうございます！」

ぺこりと頭を下げる彼は文句なしに可愛いが、別に、若い男の子のいじらしさに負けたわけじゃない。鳥ちゃんの言葉を思い出したのだ。

またね、彼女はそう言っていた。次に電話がかかってきて、「最近、どう?」と聞かれた時に、面白おかしく喋れる話が一つくらいあっても良いのではないか。私が考えたのはそういうことだ。

彼の目的が何であっても構わない。ナンパであっても、いたずらであっても、たかりであっても、彼とのひと時が、日常からはみ出した、イレギュラーであることには変わりないのだから。

「いらっしゃいませ」

私たちが店に入ると、おしゃべりに華を咲かせていた店員の若い女の子たちが、慌てたように頭を下げた。男の子はドーナツ一つとコーラを、私はアイスコーヒーを注文する。二人分の会計をすませていると、「お金」と、後ろから、慌《あわ》てたように声をかけられた。「いいから、いいから」私が笑顔で制すると、彼は居心地悪そうに肩を竦める。申し訳なさそうなその態度から鑑みるに、どうやらたかりでもなさそうだ。

目的はなんなのだろう?

疑問に思いながら、窓際のテーブル席に腰を掛けて、ふう、と一息ついた瞬間、「お時間頂戴している側なので、僕に払わせてください」

チャリンと音がして、テーブルの上に小銭が載せられた。

八六四円。さっきの会計で払った額だった。

「いいよ、いいよ。大した額じゃないし、高校生に払わせるわけには」

年上を気取って笑ってみるが、男の子はお金を下げようとはしない。押し問答になるのも嫌だったので、半分だけ受け取って、「じゃあ、割り勘ね」と苦笑いする。

彼はしばらく納得いかないという表情で私を見ていたが、やがて諦めたように、テーブルに残された四三二円を財布に戻した。その後、彼は小さく息を吐くと、先程と同じように、深々と頭を下げて、

「あの、僕、高木洋平《たかぎようへい》といいます。第三高校の三年生です。突然声をかけて、申し訳ありません。失礼を承知で声をかけたのには、訳がありまして……あの、お願いしたいことがあるんです」

歯切れの悪い口調で言いながら、ちらりとこちらを見た高木くんの視線に感じたのは、奇妙なくらいの切実さ。何だか妙な胸騒ぎがする。

かしこまった態度、丁寧すぎる口調、さわやかな容姿。高木くんの一挙一動を思い出し、はっとする。……もしかして、彼は、私を宗教に勧誘するつもりなんじゃないだろうか？

思えば、見知らぬ土地に引っ越してきたばかりの孤独な主婦なんて、格好のターゲットだ。彼はきっと、私の悩みを聞きだし、孤独を憂い、宗教に勧誘する。自信たっぷり、強気な態度で教えを説いてくるにちがいない。

誘いになんて、乗るんじゃなかった。

後悔が襲ってくるが、過ぎたことは仕方がない。腹を据え、対峙するしかない。何を聞かれても毅然と振る舞い、弱いところを見せなければ大丈夫。とりあえず、心を落ち着かせなければ。

コーヒーを一口、口に含み、挑むように彼を見つめると、

「話し相手になっていただけませんか？　たまに会って、話して、色々聞いてほしいんです」

予想に反し、弱々しい声が返ってくる。追い詰められた小動物のような、庇護欲をそそる瞳にほだされそうになって、すんでのところで踏みとどまる。

油断は禁物。初めは控えめ、ここぞという時に強気に出る。それが営業の基本だと、康生が以前そう教えてくれた。

「何で私なの？　家族とか、友達とか、彼女とか。私より適任者がたくさんいるでしょ。それに、私、結婚してるの。話し相手すらいないようなさみしい女じゃないから、同情してもらわなくて大丈夫よ」

隙を見せまいと、矢継ぎ早に言葉を紡ぐ。念の為、向こうが付け入ることができないよう予防線もはっておいた。

「どうしても、ダメですか？」

「ダメっていうか……」

小さく息を吐いてから、私は力強く宣言する。

「悪いけれど、私は何の宗教にも入らない。実家は浄土真宗だし、改宗はしない。たとえ、どんなに良い宗教だったとしても」

だから、ごめんね。静かに視線を伏せた瞬間、

「あの！」

高木君が叫ぶようにそう言った。

顔を上げると、眉間に皺を寄せ、怪訝そうな顔をしている彼と視線がかち合う。

「宗教ってなんですか？」

低い声音で尋ねた高木くんに、「違うの？」と聞き返すと、彼は絶望したような顔になって、「違います」と呟いた。

「じゃあ、何のいたずら？　それとも営業？　もしくは、詐欺？」

「僕、そんなに怪しい奴じゃありません！」

大声で主張されても、怪しいか怪しくないかで言えば、確実に怪しい。

そんな私の心の声が伝わったのか、高木くんは狼狽《うろた》えたように身を引いて、小さく呟いた。

「僕はただ」

「ただ？」

縁もゆかりもない他人に声をかけ、また会いたいと誘うなんて。そこに真っ当な理由を見つける方が難しい。話の続きを促すと、高木くんは窺うように私を見て、たどたどしい口調で話し始める。

「あの、さっき言ったと思うんですが、僕、高校三年生で、来年受験なんです。一応県内では一番の進学校だから、毎日勉強漬けで、ストレス、溜まってて。友達もみんなピリピリしてて、すごく気を遣うし、彼女とも最近別れたばかりで傷心ぎみだし……気分転換に、他愛もない話ができる相手を探してるんです」

ちらり、とこちらを見る高木くんに、私は苦々しく笑う。

「でも、何で私なの？　家族にでも話したらいいじゃない」

「それは、そうなんですが……」

高木くんはぽりぽりと頬を掻《か》いて、気まずそうに口にする。

「実は、今、家に家族がいないんです。母は死んでますし、父は、生きてはいるんですが、結構前からずっと病院に入院しています。容体が悪い父に、こっちの心配させるような話はしたくないし……そもそも記憶障害があって、僕のことがわからないんです」

そこまで言ってから、慌てたように笑顔を作り、アハハと笑って付け加える。

「まあ、親から勉強しろって言われないのは、同級生から見たら羨ましいんでしょうね。

自由だし、何でも自分で決められるのも、悪くはないんですよ」

明るい声を聞きながら、ふと頭に浮かんだのは、かつての自分。真っ白な病室で、ベッドに横たわる母を、呆然と眺めていた私。

「そっか」

小さく頷いた後、大きな罪悪感が襲ってくる。

家族、と言う単語が出なかった時点で、それなりの事情があることを察しても良かったのに。私は本当にデリカシーがない。

「それに、僕、昔からお姉さんが欲しかったんです。思い描いてた、理想の姉そのものだったから、えっと……」

「真子だよ。立花《たちばな》真子」

「はい、真子さんが」

高木くんはそう言うと、照れたように笑った。

その笑顔があまりに無邪気で可愛くて、ふと、小さい頃大事にしていたテディベアを思い出した。寂しさを紛らわすため連れまわしていた、ふわふわのぬいぐるみ。おやつの時間は、不安定なそれを無理やり椅子に座らせて、一緒にテーブルを囲んでいた。

私も高木くんと同じで、姉弟《きょうだい》が欲しいと思うことがあったのだ。母を困らせるとわかっていたから、一度も口にしたことはなかったけれど。

「小さい頃、一緒におやつとか食べたいって思ってたんですけど……この年になって叶うとは思わなかったな」

はにかんだ高木くんを見て、私もつられたように笑顔になった。

「……私こそ、この年になって、だよ」

目を見張った高木くんをじっと見つめて、ぺこりと頭を下げる。

「あのさ、勝手に誤解してごめんね」

「いや、僕のお願いが突飛だったから」

「話を聞かなかった私も悪いし」

「僕の喋り方が悪かったんです」

散々謝りあった後、同じタイミングでぷっと噴き出した。

穏やかな気持ちで笑顔を交わしながら、ふと、時計を見ると、もう八時を過ぎていた。そろそろ帰って、夕食の準備を始めなくては。

「じゃあ、続きはまた今度ね。今日はもう帰らないと」

立ち上がりながら口にすると、高木くんはぱっと目を輝かせた。

「いいんですか？」

「いいよ。さっきは強がったけど、私も実は、毎日ひまで退屈してたんだ」

晴れやかな彼の表情を見ると、私まで嬉しくなる。

もし、やっぱり何かの勧誘だったとしても、話のネタとしても、今は彼の誘いにのってみてもいいと思っていた。

「ありがとうございます。僕は、六時以降だったら、いつでも大丈夫です。真子さんは？」

「うーん。じゃあ水曜日はどう？　来週の水曜日の六時、この場所で」

毎週水曜日、康生は会議終わりに会社の仲間と飲みに行く。帰りは遅いし、夕食の準備もいらないから、多少遅くなっても構わない。

「わかりました。宜しくお願いします」

高木くんは、またも深々とお辞儀をした。

「じゃあね」

別れの言葉を口にしながら、一旦背を向け、思い直して振り返る。

「そんなかしこまらなくても良いから。お姉ちゃん、なんでしょ？」

高木くんの顔は見ない。私だって少しは照れるのだ。

「ありがとうございます」

高木くんが元気よく言うのを聞いて、私は「こちらこそ」と微笑んだ。

二　「また」がくるのが待ち遠しい

「疲れた」

最近の康生の第一声はいつもこれだ。

「お疲れ様、でも、思ったより早かったね」

「ホントだ、今日中に帰れたな」

時計を見ると、てっぺんで二つの針が重なっていた。リビングの時計は五分前に設定してあるから、康生の言う通り、ぎりぎり今日中のお帰りだ。決して早いとは言えない時間だが、接待の時、朝方に帰宅するのに比べたら、これでもまだマシな方……と思ってしまうのは感覚がおかしくなっているのだろうか？　う ー ん、と、考え込んだ私を後目《しりめ》に、康生は変わらない調子で言葉を続ける。

「他の皆はこれから麻雀だって。よくやるよなあ」

康生のアハハと笑う声を聞いて、思わずぱっと顔を上げた。

「え？　康生は、行かないでよかったの？」

もちろん、行ってほしかったわけではない。私は麻雀が好きではないし、早く帰宅して休んでほしいという思いもある。

だけど、康生は学生の頃から、麻雀が好きだった。

大学生の時なんて、テスト前日の夜だというのに、仲間から麻雀に誘われ、「脳を活性化させた状態でテストに臨む」と意味のわからない理由をつけて出かけてしまったこともある。結局、麻雀に勝ち、テストもA＋を取っていたのが、康生らしいのだけど……とにかく、それくらい好きなはずの麻雀を断るなんて、何があったのだろう？

視線を投げると、康生は苦笑して、「まあ、その、さ」と言葉を濁し、一呼吸置いてから、

「……いいお父さんは、真夜中の麻雀なんかしないだろうなあって思って」

と、改まった声で続けた。

「俺たちの夢、理想の家族になるためには、いいお父さんと、いいお母さんにならなきゃいけない。それが何より一番、大事なことだから」

真っ当な意見。

世の中的にも正解で、私にとっても有難い、百点満点の答え。

私が異を唱える理由なんて、一つもない。

「……そう、だね」

小さく頷きながら、ふと思う。

そういえば、康生は、もう一つの趣味、スキューバダイビングも、結婚してから一度も行っていない。前に尋ねた時には、「お金かかるし、家族旅行のためにとっといた方が良くない？」と、明るく返された。

自分のことより、家族を優先する。康生は文句なしのいい父親になるだろう。

妻にとってはありがたい申し出で、ギャンブルに嵌《はま》ったり、趣味にお金を使う夫より、康生みたいな夫の方がいいに決まっている。それなのに、手放しに喜べないのは、どうしてだろう。

もやもやした気持ちのまま上着を受け取ると、康生はすぐさまネクタイを緩めて、ボタンを外した。パタパタと襟元を引っ張って、隙間から風を送っている彼に声を掛ける。

「お風呂先入る？　ご飯もうできてるけど」

「ああ、そうしようかな。汗びちょびちょで、気持ち悪い」

康生が風呂に入っている間に、夕食の仕上げをして、テーブルに並べる。

揚げ物の割にあっさりした鶏胸肉のてんぷらには柚子胡椒を添えて、なすびが柔らかいお味噌汁、きらきら艶々の白米、彩《いろどり》がきれいなトマトのサラダ、苦いのが美味しいゴーヤーの佃煮は研究に研究を重ねて作った一品だ。色合いも栄養もばっちり、と自画自賛していると、風呂から上がってきた康生が、濡れた髪も乾かさないまま椅子に座った。

「いただきます」

両手を合わせて微笑むと、康生は気持ちいいくらいにがつがつと食事を平らげていく。早食いなのに、品良く見えるのが不思議だなあ、なんて思いながら、ぼんやり康生を眺めていると、

「このゴーヤー、『みのせ』の味にそっくりだね」

康生が箸を止め、驚いたように言った。

「あ、うん。あの味にしたくて試行錯誤したんだ。というか康生、みのせ、覚えてたんだ」

みのせ、は私の地元にある、小さなお惣菜屋さんだ。母がそこの料理の大ファンで、幼い頃から毎日のように食卓に並んでいたから、私にとってのおふくろの味は、みのせの味と言っても過言ではない。

「そりゃあ、覚えてるよ。お義母《かあ》さん、俺が遊びに行くたび、これを山盛りによそってくれるんだもん」

「そうだったっけ？」

「そうだよ。初めにご飯ご馳走になった時、美味しいって言ったら、それ以降、用意してくれるようになって……歓迎されてる感じがして、嬉しかったな」

「事実、歓迎してたからね」

康生は付き合うようになってすぐの頃から、よく実家に遊びに来ていて、母とも親しくしてくれていた。見るからに好青年の康生を、母はとても気に入っていて、まだ結婚の話が出ていないうちから、息子みたい、と言って、あれこれ世話を焼いていたのだ。

「お母さん、康生が遊びに来るの、毎回楽しみにしてたもん。康生が実家に泊まりにきた時とか、私が寝てからも、二人でお喋りしてたでしょ？　今更だけど、嫌じゃなかったの？」

「全然。楽しかったよ。俺、お義母さんのこと、実の母親より好きだったし」

「……それは、嬉しいような、悲しいような」

そこで一旦話は終わり、ややあって、康生が思い出したように言う。

「そういえばさ、今日、昨日接待した神田《かんだ》先生から連絡きたんだ。競合先との取引をなくして、うちだけに絞ってくれるって」

夕食の時間は、康生と私がゆっくりと会話ができる、唯一の時間だった。

彼はこの時間に、一日の出来事を報告する。今日はどんな仕事をして、どんな成果がでたとか。同僚とどんな話をしたとか。

おかげでここ最近の私は、今まで曖昧にしか知らなかった康生の仕事先や、会ったこともない康生の同僚にとても詳しくなった。

「すごいねえ。康生が担当して、まだ三か月しかたってないのに」

「うんまあ、競合先が失礼なことしたのもあったらしいんだけどさ、昨日の接待が響いたのも大きいよ。予定通り、うまくいった。頑張ったかいがあった」

「良かったね」

「うん、ありがとう」

一通り喋り終えると、康生は再び箸を手に取り、食事を再開する。

私はその姿を、ただ黙って見守っていた。

東京に住んでいた頃、私たちは、同じ時間に夕食を食べながら、その日の出来事を互いに報告し合った。だけど今、私のターンはない。私がそう頼んだから。

この土地にきてしばらくの間、康生はそれまで通り、自分の話をした後、必ず、私に話題を振っていた。だけど、一日を家で過ごす私には何のイベントも起きるはずもなく、私はただただ他愛無い話をだらだらと喋るしかなかった。正直、聞くに堪えない話だったと思うけど、康生は嫌な顔一つせず、真面目に私の話を聞いてくれていて……私には、それが苦痛だった。どれだけ頑張っても、疲れた康生の時間を割いて、聞いてもらうほどの話題など見つからなかったから。

私はルーティーンしかない日常から、ささやかなニュースを探し出すのに必死になり、見つからなければ、嘘をつくことさえあった。馬鹿な話だと思うが、「何もない」と告げることが、とても恥ずかしかったのだ。だからある日、私は康生に言った。「これからは、私のこと、聞かないで。康生の一日を聞かせてくれたら、それで私は満足だから」と。

結果、康生は私に話を振らなくなり、今まで私が話していた時間を埋めるように、より詳しく自分の話をするようになった。

それなのに、今日は、話したくてたまらない。

話題はもちろん、今日あった久々のイレギュラー、高木くんのことだ。

今日はね、なんと高校生と友達になっちゃった。声かけられるなんて私もまだまだやるでしょ？　でもね、そんなんじゃないのよ。話し相手になってほしいんだって。理想のお姉さんって言われちゃったの。やっぱり、このツボ買って下さいって言われたら、ちゃんと断るから心配しないで。

初めの一言を声に出したら、きっと、つらつらと、考える必要もなく言葉が出てくるはずだ。だけど、話さないことに慣れてしまった私は、どこで口を挟むべきかわからない。

ちらりと康生の方を見ると、顔を上げた彼と目が合った。

「何か、酒が飲みたくなってきたな」

ぽつりと呟いた彼に笑顔を向けて、私は立ち上がる。

「あー、お祝いのお酒ね。赤ワインがあったはず。あんまりいい奴じゃないと思うけど、それでいい？」

「うん。俺、どうせ味なんて、よくわかんないし。大事なのは祝杯上げることだから、何でもいいよ」

嬉しそうな康生の笑顔を見て、これでいいのだと、そう思う。

自分の話を諦めて、聞き役に徹すること。おそらくそれも、私の仕事だ。

台所の戸棚から、ボトルを引っ張り出すと、誰かの結婚式でもらった普段は使わないワイングラスに注いでみる。すっかり見違えたことに満足して、「どうぞ」と、康生の前に置いた。

「ありがとう」

自分用に少なめに注いだワイングラスを康生のそれに軽くぶつける。

カツン、と乾いた音がした。

「おめでとう」

一口で飲み終えたワインは、意外とおいしくて、顔が綻《ほころ》んだ。

「あー、うん、何かいい感じ。もうちょっと、もらえるかなあ？　話したいこと、まだ、たくさんあるんだ」

たった一杯飲み終えただけで真っ赤になってしまった康生に、思わず苦笑する。

通常は頼りがいのある我が夫だが、酒に酔うと、一気に面倒くさい男に変貌する。長々と同じことをしゃべり続け、褒めてほしいと全身で訴えてくるのだ。

「はいはい。好きなだけ、飲んでください」

お酌をしながら、にこりと微笑んだ。

面倒くさい夫でもしっかり対応するのが、妻の務めだから。

＊

次の日のお昼、昼ご飯がちょうど終わったタイミング。

鳥ちゃんが言った「また」は、思ったよりずっと早くやってきた。

「今、大丈夫？」

電話を取ってすぐに尋ねられたけど、今日は何の怯えも感じない。それどころか、「どう？」と聞かれるのが楽しみなくらいだ。今の私には、話せることがある。

「もちろん。どうしたの？」

自信たっぷりに尋ねるが、

「あのさ、言いにくいんだけど……」

言いよどむ鳥ちゃんの声を聞いていると、何だか不安になってきた。

小さく深呼吸し、思わず身構えた瞬間、

「香織のこと」

最悪の報告を覚悟していた私の耳に届いたのは予想外の、だけど最悪なんかじゃなく、それどころか、とんでもない朗報だった。

「香織の！」

新田《にった》香織、鳥ちゃんとの共通の友達で、私の親友だった女の子。

小学校、中学、高校、そして大学まで同じで、クラスが違っても、学部が違っても、いつも一番の、特別な友達だった。

「うん、そう。落ち着いて」

呆れたように笑いながら、鳥ちゃんは言う。

香織が私にとってどれだけ特別かというのは、鳥ちゃんもよく知っているはずだ。

私は、昔から人の目を気にしてしまう小心者で、自分の意見を主張するより、他人に合わせる方が楽な性分だった。「わかる、わかる。そうだよね」という適当な相槌《あいづち》と愛想笑いで、あらゆる局面をのらりくらりとやり過ごしてきた私だけど、香織に関することだけは別で、いつも真正面から向き合っていた。

私はどんな時も必ず香織の味方になり、彼女を悪く言う相手がいれば、堂々と対峙し、正面から文句を言った。香織が傷つけられることだけは、どうしても許せなかった。彼女は私にとって、それくらいの存在だったのだ。

「大丈夫。大丈夫だから、お願い。香織のことなら、何でも知りたいの」

切羽詰まった口調で告げると、鳥ちゃんは小さく息を吐き、ゆっくりと言った。

「あのね、もしかしたら……香織と、連絡が取れるかもしれないの」

＊

香織が私にとっての「何」なのか、を一言で説明するのは難しい。彼女は私の親友であり、憧れで、心のよりどころであった上、恩人でもあったから。

彼女と出会った小学三年生の時まで、私は学校では浮いた存在だった。

小学校では、活発な子に人気が集中する。勉強はできなくても、はきはき意見を言って、休み時間には外遊びをする子が好かれるその世界で、内気でがり勉、運動神経ゼロで、外に出るのを好まない私には、当然友達がおらず、一人ぼっちだった。

そして、当時の私が何より恐れていたのは、席替えだ。月に一回、くじ引きで決まる席順。全ては運次第というそのイベントで、同じ班になった子が、あからさまに落胆した顔をするのを見るのが、私にとって、とてつもない苦痛だった。

六月、三年生になってから三回目の席替えで、香織と同じ班になった。メンバーは私以外が全て、クラスの人気者ばかりの、私にとって居心地の悪すぎる班だ。

その日、私は机を合わせて給食を食べながら、和気あいあいと話される会話に、無関心を決め込んでいた。

話題は父の日のプレゼント。

私には父親がいないし、そもそも関心を持ったって、会話には入れてもらえない。

「俺、父の日に、プラモデルを買ったんだ」

「えー、お父さんが喜ぶものあげなきゃ。それ純也《じゅんや》が嬉しいものでしょ?」

「うーん、じゃあ、靴下にする。破けたって言ってたから」

「靴下? 何かしょぼい! 私はお菓子を作ってあげるんだよ」

「すごーい。美奈《みな》ちゃん、お菓子作るの上手だもんね」

「そういえば」

そこで、メンバーの一人がふと私を見た。

「青木さんは何するの?」

自分の名前が聞こえた瞬間、頭が真っ白になった。単なるきまぐれだとわかっているから、少しも嬉しさなんて感じない。

美奈ちゃん、純也、仲良し同士は、下の名前で呼び合うのが暗黙の了解だった。私への呼び方は青木さん。呼ばれただけで、疎外感を感じる仕組みがよくできている。

「……私は、お父さんいないから」

適当な嘘をつきたくなかった。「うちはハンカチをあげるよ」なんて、そんな差しさわりのないことを言って、話が流れるのを待つのは簡単だったけど、そんなことをしたら大好きな母を裏切ってしまうと思った。父がいる振りをすることは、母と二人の暮らしを否定するような気がしたのだ。

四歳の誕生日、しろうさちゃんの絵本を読んだことで、両親のいる幸せがあることは知ったけれど、それでも、私は今が十分幸せだと思っていた。だって、母との暮らしは相変わらず楽しいのだから。

にぎやかな雰囲気が固まってしまうのはわかったが、どちらにしても私はのけ者だ。開き直って、気まずい雰囲気の中、私は一人、ぱくぱくとご飯を食べていた。

「かわいそう」

沈黙を切り裂いたのは、鈴の鳴るような、軽やかな声。

香織の声だ。

「……かわいそう？」

箸を止め、絞り出すように尋ねると、香織はためらいがちに言った。

「うん、かわいそう。――お母さん、お仕事忙しいって、聞いたよ。たくさんお留守番して、お家のこともいっぱい手伝ってるんでしょ？」

後で、親しくなってから聞いたことには、香織はそれらの情報を、祖父伝《づて》に聞いていたのだという。彼女の祖父は、仕事で母と繋《つな》がっていたらしい。香織の言葉は真実だったけれど、肯定する気にはなれず、かといって、否定する気にもなれなかった。もやもやした気

持ちに戸惑って、唇をぎゅっと噛みしめた時、

「すっごく、えらいと思う」

びっくりするような優しい声に驚いて、ぱっと顔を上げた。

「ねえ、真子ちゃん。私のお友達になって」

その時、にっこり微笑む香織を、初めて正面から、堂々と見た。

陶器みたいにつるんとした真っ白な肌に、艶々の茶色い髪の毛、タレ目がちな大きな瞳と、薔薇色の頬。薄い唇の口角は均等に上がっている。

うかつにも、見惚《みと》れてしまった。

しあわせうさぎがもし人間になったなら、香織と瓜二つになるに違いない。そう思った。

その日を境に、香織は私に構ってくるようになった。

知れば知るほど、香織としろうさちゃんが重なった。見かけだけじゃない。無邪気な言動も、少し強引なところも、とびきりの優しさも、全部全部そっくりで、いつの間にか、香織のことが大好きになっていた。

初めての友達だった。同情されているのかもしれないと思ったけど、それでも嬉しかったし、香織が私に「真子」と呼びかけるのを聞いて、クラスメイトも皆、私に優しくしてくれるようになった。彼女のおかげで全てが好転している、毎日、それを実感していた。

そして、ある日の放課後、香織の家に誘われた。二つ返事で頷いて、初めて香織の家を

訪ねたあの時、私は、彼女が本当に「しあわせうさぎ」なのだと確信したのだ。

玄関では、香織のお母さんが笑顔で出迎えてくれた。温かくて、ふわりと甘い香りが漂う部屋のところどころに、小さなミニチュア動物の雑貨や家族の写真、木彫りの人形、パッチワークなど、見たこともない小物が並べられていた。香織のお母さんがおやつとして出してくれたのは、手作りのクッキー。熱々のそれは、強く握ると壊れてしまうくらいにホロホロで、とてもとても、美味しかった。

うちとは違うと、そう思った。

掃除のしやすさを重視した我が家は物が少なく、清潔ではあるが、殺風景極まりない。料理が苦手な母はおかずのほとんどを買ってくるし、キッチンには、粉振るいもクッキー型もない。

香織の家は、絵本で読んだしろうさちゃんの家にそっくりだった。

思い出したのは、しろうさちゃんシリーズの三作目。しろうさちゃんの家での生活が描かれている『しろうさちゃんのおたんじょうび』。

可愛い小物がたくさん置かれたしろうさちゃんのおうち。玄関では優しいお母さんが待っていて、おやつは手作りキャロットクッキー。それを食べた後、しろうさちゃんはひと眠りしてしまうのだけど、家族はその間、お誕生日会の準備をする。

きっと、香織の誕生日には、あの絵本みたいに大勢がお祝いに駆けつけるのだろう。お父さんとお母さん、おじいちゃん、おばあちゃんにたくさんの友達。

私の誕生日は、いつも母と二人だった。

母は毎年、二人きりでは食べられないほどの料理と大きなケーキを買ってきてくれて、精一杯祝ってくれているのが伝わってきた。もちろん、不満はなかったし、それで幸せだった。だった、けど……。

かつて、絵本を初めて読んだ時に感じた、羨ましい、という気持ちが蘇った。

欲しくても手に入らないものを、当然のように受け入れている香織は、私の憧れになった。

天真爛漫《てんしんらんまん》で、いつも楽しげな、私にとってのしあわせうさぎ。

どんな場所でも光り輝く、私の希望。

幸せでいてほしかった。

幸せでいるべきだと思った。

そのためなら、何だってしてみせようと、思っていた。

それなのに、私は香織とケンカした。

大学四年生の春のことだ。その後、香織は大学を中退し、私を含めた知人全員との連絡を絶ったのだ。

＊

「……本当に？」

尋ねると、鳥ちゃんは「うん」と笑って、明るく言った。

「まだ、かもしれない、の段階だけどね。あと、直接会ったわけじゃないけど、元気らしいよ、香織」

「そっか。でも……どうして？」

大学を辞めた香織のその後は、私も鳥ちゃんも、他の友達も皆、誰も知らない。それから七年、どうして今更、香織と連絡が取れたのだろう。

「んー、一言で言えば、偶然」

アハハ、と乾いた声が電話口から聞こえて、私は思わず苦笑いする。

私が何度その偶然を望んだことか。香織が去り、連絡が取れなくなった翌日から、香織のお気に入りだった場所には何度も足を運んだ。東京でも、地元の埼玉《さいたま》でも、人ごみの中では必ず香織を探した。どこかに香織がいるかもしれない。その意識は、七年経った今でもまだ健在だ。

「偶然って？」

「信ちゃんの、おばあちゃんちが、香織のお母さんの実家の近所だったんだ。熊本《くまもと》県の阿《あ》蘇《そ》。覚えてるでしょ？」

「信ちゃんのことは知らなかったけど、香織のことはもちろん覚えてるよ」

おばあちゃんっ子だった香織は、長期休暇には熊本によく出かけていた。自然豊かな写真を見せてもらったことがあるし、お土産にともらった餡子《あんこ》のお菓子が美味しかったから、よく覚えている。

「おばあちゃんのことは、私も知らなかった。彼、香織と違って、ほとんど行ったことないらしいし。まあ、関東から熊本なんて、結構距離あるし、あんなに頻繁に帰ってた香織の方が珍しいとは思うんだけど」

ふう、一息をついて、鳥ちゃんは続ける。

「でさ、挨拶に行った時、話題に出したの。信ちゃんの親戚、すごく多くて、言葉もよくわかんないし、柄にもなく緊張してさ。共通の話題もあまりなかったから、『同級生の祖父母も阿蘇に住んでいたみたいで、よく餡子のお菓子もらいました』って。軽く話しただけ、世間話の範囲内だよ。そしたらね、何と見つけ出してくれたの」

見つけ出す、だなんて。いくら同じ地域に住んでいても、そんなに簡単に見つかるものじゃないだろう。私の疑問を察したかのように、鳥ちゃんは得意げに言った。

「田舎の情報網って、私達が思ってるよりずっとすごいの。……だって私、同級生の、新田って言ったんだよ。香織のお母さんは、旧姓だろうから、名前すら間違ってたってことになる。でもね、おばさんたちが喋り始めて、そのうち一人が『水津《すいづ》さんじゃないか』って。娘さんと、私と同じくらいのお孫さんが、埼玉から出戻りしてるらしくて、その子が友達じゃないかって、そう言うの。そんなわけないって思うでしょ？　私もそう思ったし、その時はそれで話が終わったんだけど。あ、ちょっと待ってね」

話し過ぎて喉が渇いたのだろう。ごくごくと、飲み物を飲む音が聞こえた後、鳥ちゃんは続ける。

「ごめんごめん。それで、その時は、そうだったらすごいですねなんて、適当に話して終わったんだけど、昨日の夜、信ちゃんに電話がきて……やっぱり、香織だったんだって。おばさんが井戸端会議で聞いてみたら、名前は香織で、私のことも知ってるって、答えたそうよ。香織のお母さん、離婚して今は熊本に戻ってるらしいの。香織も近くに住んでるんだって。元気にやってるみたい。社交辞令かもしれないけど、『香織ちゃんも会いたがってましたよ』って、そう言われた」

香織ちゃんも会いたがってた。

それは、本当だろうか？

友達全員と連絡を絶ち、関わることを拒絶した香織が、今更会いたいだなんて。

「とりあえず、私の番号、伝えてくれたんだって。だから今は、連絡待ち。もしかしたら、ぬか喜びになるかもしれないけど……元気そうだったってことだけでも、伝えといた方がいいかなって。ほら、真子、一番心配してたから」

香織と連絡が取れなくなった時、私は目に見えて憔悴《しょうすい》した。二週間で体重は五キロ減、見事にやつれて、鳥ちゃんには心配をかけたものだ。

「……鳥ちゃん、ありがとう」

言葉に出すと、思いが零《こぼ》れて、涙が出そうになる。

香織に、会いたい。笑顔が見たい。

そして、できれば、昔のように――。

「香織と連絡取れたら報告する。じゃあ、またね」

電話を切る前に、鳥ちゃんはそう言った。

「また」が来るのが待ち遠しい。今度はそう思った。

＊

水曜日の朝、久しぶりに化粧台に腰掛けて、自分の素顔と向き合う。

机の上には、しばらくぶりの化粧道具。上品なパールが綺麗なアイシャドウに、果物を連想させるピンク色の頬紅、明るすぎないピンクベージュの口紅。見ているだけで華やかな気持ちになるキラキラとした道具たちが、私の肌でどんな色に変わるのか、うまく想像できない。それくらい、化粧をするのが久しぶりなのだ。

かれこれ三か月もの間、完全手抜きスタイルを貫いてきた私が、化粧をしようと思い立ったのは、今日、高木くんと会う予定があるからだ。……というと、色目を使っているように聞こえるけど、そういうわけではない。

大事なのは、彼ではなく、私自身。

初対面に等しい相手とそつなく会話できる自分でいるために、私には、化粧が必要なのだ。

私にとって、化粧は自信をつけるための武装だから。

この「武装」を教えてくれたのは、母だった。

初めて化粧をしたのは小学生の時、「かわいそう」と、香織にそう言われたその後のこと。香織と友達になってからも、私はしばらく彼女の真意がわからなかった。からかっているだけなのかも、とか、単なる気まぐれですぐに気が変わるかもしれない、とか。実際には、その後、大学で別れる日が来るまで、香織は私とずっと親しくしてくれていたのだけど、初めはそう思わなかった。香織が私から離れれば、また一人ぼっちに戻ってしまう。

不安な日々を過ごしていたある日、母が言った。

「真子、お化粧してみる？」

興味本位で頷いて、固く目を瞑《つむ》ると、母は優しく、私の顔に触れた。

「女の子は、お化粧で変われる。強くなれるの。もうダメだって思っても、お化粧して、違う自分になれば、頑張れるわ。……ママもね、お仕事行きたくないなあって思う朝は、お化粧に気合入れるの。いつもより可愛くなったら、気分も上がって、未来が明るいって信じられる。全てがうまくいくって気持ちで、家を出られるのよ」

母は楽しそうに喋りながら、私の顔を手のひらで包んだり、スポンジらしきもので肌を撫でたり、刷毛《はけ》のようなもので頬をはたいたりした。

「うわっ」

途中、まつ毛を急に引っ張られて声を上げると、母は、笑いを堪《こら》えた声で言った。

「大丈夫、可愛くなってるから」

その後も、ふわっとしたり、ベタベタしたり、カサカサしたり、くすぐったさをどうにか我慢して、瞳を閉じること数分、

「真子、もういいわよ」

母から声をかけられて、ゆっくりと目を開けた。

目に力を入れていたせいで、初めは視界がはっきりしなかった。ややあって、目の前に女の子がいることに気づき、数秒後、それが鏡に映った自分の顔だとわかって、唖然とした。

絵本で見たお姫様みたい、と、馬鹿みたいなことを思った。

「ほら、大丈夫でしょう？」

母が自信たっぷりに言って、私の頬をそっと両手で包み込む。

香織のことは、母に話してはいなかった。事情を知っているはずもなかったが、不安げな態度から、気持ちを見透かされたのだろう。母はにっこり笑って、「お守り」と、キラキラ光るラメ入りのピンクの口紅をくれた。今思えば、あれはシャネルの口紅だった。たかが小学生によくあんなものを……と思うが、あれは母なりの励ましだったのだろう。

次の日から、私はその口紅をスカートのポケットに入れて学校に通った。小学生の間、実際にはつけることはなかったけど、不安が襲う度、口紅を握りしめて、「これがあれば大丈夫」と、自分に言い聞かせた。きっとその時の気持ちが、私の化粧の原点だ。

働いていた頃も、母を思い出し、毎朝三〇分もの時間をかけて、念入りに化粧をした。しっかりとファンデーションを塗って、コンシーラーで粗を隠して、パウダーで整えて。丁寧に眉毛を描いて、チークとシャドウで彩を添えて。そして、違う自分になる。ちょっとのことじゃ動じない強い社会人に変身する。

仕事を辞めて、専業主婦になって、康生としか話すことがなくなってからは、メイクで武装する必要はなくなったけど、今日は、初対面同然の高木くんと会って、姉弟のお喋りをしなければならない。

鏡の中の自分を見つめながら、少しだけ考える。

この前高木くんと会った時は、スッピンだった。急にあからさまな化粧で出向いたら、きっと向こうも違和感を覚えるだろう。そもそも待ち合わせは、スーパーに隣接するチェーンのドーナツ店だ。目立つ化粧なんてしてしたら浮いてしまう。

迷った末、薄いベージュのアイシャドウにブラウンのマスカラ、ピンクの頬紅を丁寧に肌にのせて、唇には色つきのリップクリームで仕上げた。ゴージャスではないけれど、品の良い自然な仕上がりに満足する。

誰からも見られなくても、平穏な日々の最中でも、こうして化粧をするのもたまには良いかもしれない。鏡の中の少しだけいつもと違う自分に、笑顔を作ってみた。

初めて化粧した時のように、お姫様みたいだとは感じない。だけど、いつもよりはきっときれいだと、そう思った。

夕方、待ち合わせのドーナツ店に着くと、高木くんはもう席に座っていた。

ぼんやりと外を眺めながら、ゴクゴクとコーラを飲むその姿を見て、男子高校生って感じだな、と思う。ストローは使わず、そのままコップに口をつけて、口に入ったクラッシュアイスをぼりぼりとかみ砕くなんて、アラサーの私ができる飲み方じゃない。年代の差を感じながら、テーブルに目を移すと、トレーの上の大皿には、ドーナツが五個も載っている。

つかつかと彼の近くに移動して、ぽん、と肩を叩いた。

「たくさん食べるのね。さすが、育ちざかり」

何と声を掛けたらいいかと考えあぐねた末、ようやく口から出た自分の言葉に呆れてしまう。これではお姉さんどころか、まるで親戚のおばさんだ。

思わず苦笑した瞬間、高木くんが立ち上がって、斜め四五度にぴしりと頭を下げた。

「こんにちは。宜しくお願いします」

体育会系の部活にでも入っているのだろうか。高木くんは、恐縮するほど礼儀正しい。

「僕はドーナツ大好きで、普段なら五つくらいぺろりですが、今日はここに来る前に買い食いしたので、全部は入りません。つまり、二つは真子さんの分です。お好きなのをどうぞ」

私のトレーに載っているのが、前回と同じでアイスコーヒーだけなのを確認して、高木くんは予想通り、とでもいうようににっこり笑った。お腹は空いていなかったけど、せっかくの好意を無駄にするのも悪い気がして、その中の一つを手に取る。

「ありがとう。いただきます」

ひとかけらを千切って口に入れると、甘さが身体全体に染み渡る。

久しぶりに食べたドーナツは予想外に美味しくて、康生にも買って帰ろうかな、とふと思う。

「すごくおいしい」

微笑むと、高木くんはほっとしたように笑った。

「いえ……こちらこそ、今日はありがとうございます。来てもらえてほっとしました。忘れられてたらどうしようって、心配してたんです」

言葉と表情から、彼の思いがすべて読み取れるようで、正直な子だな、とそう思った。外見も爽やかだし、性格も好ましく、気遣いもできる。こんな子が弟だったら、きっと可愛がったに違いない。

「楽しみにしてたんだよ。現役高校生の話を聞くことができるなんて、そうそうないもん」

それに、この土地で初めての知り合いだ。

にこにこと愛想笑いしながら、普通の姉弟はどんな会話をするものだろう、と考える。母も一人っ子だったから、私には、姉弟どころか親戚すらいない。血が繋がっているというだけで、相手に対する距離感は友人よりも狭まるものだろうか？　だとしても、彼とはそもそも他人なわけで……うん、とりあえず、世間話でもしよう。結局、そこに落ち着いて、口を開こうとした瞬間、

「真子さんっておいくつなんですか？」

高木くんから、先を越された。これでは姉失格だ。

心の中で嘆息しつつ、私はにっと笑って聞いてみる。

「いくつに見える？」

「二八歳」

間髪を容れずに答えられて、思わず口の中のコーヒーを噴き出しそうになる。

「……ピッタリ賞なんだけど」

「おお！　僕って、見る目ありますね」

うんうん、と何度も頷く高木くんをじろりと見つめながら、私は口を尖《とが》らせる。

「正解だけど、女性に対する答えとしては不正解よ。大人の男は、見えた年齢より少し若く言うの。それが正解」

「僕、まだ高校生なので」

アハハと笑う高木くんに「そうだよね」と返しながら、内心、少しだけ悔しかった。

実をいうと、私はかなりの童顔で、実年齢より上に見られたことはない。ここ数年、二〇代半ばに見られることがほとんどだったのに……やっぱり、ピチピチの高校生には、肌の衰えがわかるのだろうか。両手で頬をこしこしと擦《こす》っていると、

「そういえば、真子さんのお母さんって、どんな人なんですか？」

高木くんが突然、顔を覗き込んできた。

私はごくりと唾を飲んだ後、彼の目をじっと見つめながら、

「……何で？」

思わぬところを突かれたからだろうか。声が裏返ってしまった。

「僕、前に言ったかもしれませんが小さい時に母親を亡くしていて、正直あまり覚えていないんです。だから、母親ってどんな感じなのかなって、そう思って」

そういうこと、今まで誰にも聞けなかったから。高木くんは小さな声でそう付け加える。

「まあ、聞きづらいことだよね」

高木くんの事情を知る者にそれを聞いたら、間違いなく気遣われるだろう。

姉弟のように、そう言われて喜んでいたが、本当に気負わずに何でも話せるのは姉弟よりもむしろ他人だ。無関係だからこその気安さで、言葉には責任を持たず、嘘も本音も好きな方を使うことができる。誰かに聞くのが躊躇《ためら》われることでも、気兼ねなく尋ねることができる関係。つまり、高木くんにとって、私はなんでも相談室のようなものなのだ。

「母は、できた人だったよ」

私が選んだのは本音だった。嘘をつくのは疲れるし、ごまかす必要もない。

「だった？」

高木くんが言葉尻を捉える。

「うん、私の母もね、四年ほど前に他界してるから」

言った瞬間、高木くんは明らかに傷ついた顔をした。

どう言っても重くなってしまうのはわかっていたけど、ここまでだとは思わなかった。自分の環境も不遇すぎるというのに、他人の親にまで思いを馳《は》せられるなんて。彼はきっと、感受性が強いのだろう。

「すみません」

流行りのアイドルグループの音楽が流れる明るいドーナツ店には、とてもじゃないが似つかわしくない、暗い表情で言って、高木くんはぺこりと頭を下げた。

「そんな顔しないでよ」

わざとらしいくらい明るく言ってみると、高木くんは気を遣ったのか、どうにか笑顔に見えなくもない表情を作る。

「どんな、お母さんでした？」

「バリバリ仕事をしてて、できるキャリアウーマンって感じ。スーツ姿が板について、かっこよかったよ」

私も以前は、スーツを着て働いていた。しかし、疲れ果て、よれよれの私は、思い出の中の母の立ち姿とは比べ物にならないほど、かっこ悪かった。どうやったら母のようにスーツを着こなせるのか、それは今もわからない。

「お母さんをそんな風に言えるなんて、素敵ですね」

「もちろんケンカしたこともあるし、反抗した時もあったけど、それも含めて良い母親だったと思う。そのままの私を愛してくれた。ちゃんと、家族だった」

人前で、無条件に身内を褒めるなんて初めてだった。たとえ本心であっても、いつもだったら無意識に封じていたことだ。本音と建前、謙遜さと不遜さをバランスよく組み込むのが敵を作らず、上手く立ち回るこつだから。

今、本心を話せるのはやはりたった一つの理由、高木くんと私が他人だからだ。

「高木くんのご家族はどんな方なの？」

「母は先ほど言ったように、あまり覚えていません。父は、尊敬できる人です」

そう言った高木くんの表情がとても柔らかくて、何だか嬉しくなる。もしかしたら私たちは案外似ているのかもしれない。

「お父さんのこと大好きなんだね」

微笑みかけると、高木くんは照れているのか、早口で話題を逸《そ》らす。

「まあ、はい、そうですけど……そういえば、真子さんのお父さんは？」

本当のことを言うと、また気遣わせてしまうだろうか。当たり障りない嘘をつこうか少しだけ考えて、やめた。面倒だからじゃない。私は、少しだけ自分に似ているかもしれないこの少年に、嘘をつきたくなかった。

「私、生まれた時から父親がいないの。顔も見たことがないから、どういう人か知らないけど、大嫌いだから、どうでもいい」

ぎょっとしたように私を見る高木くんに、「本当に、心の底からどうでもいいのよ」と念押しする。大嫌いな父のことで、誰かが落ち込むのは居たたまれない。

「母が一人で育ててくれたから、私の親は母一人だけ」

にっこりと微笑むと、高木くんはぎこちなく笑って言う。

「へえ。世間では一人親って同情の対象にされることが多いですけど、案外たくさんいるんですね」

「そうだねえ。今、三組に一組が離婚してるっていうし。別に珍しいものじゃないのにね」

「真子さんはどう思いますか？」

「どうって？」

「自分の家族をかわいそうって思いますか？」

高木くんの表情をまじまじと見つめる。相手が求める答えを見つけるのは、物事を穏便にすませたい私が身に着けた処世術で、自分に自信が持てるほぼ唯一のものだ。

「かわいそうだって思うよ」

高木くんの求める答えはすぐに見抜けた。高木君は、ただ、私が正直に話すことだけを期待している。一瞬拍子抜けして、その後、妙な緊張感に包まれる。

私は小さく息を吐くと、何でもないような顔で、にこりと笑った。

高木くんは少しだけ傷ついた顔をした。

「お母さんが大好きなのに、ですか？」

「大好きだからこそだよ」

きっぱりと言い切ると、高木くんは戸惑ったように視線を彷徨《さまよ》わせ、やがて揺れる瞳で私を見た。

「……じゃあ、真子さん自身は、どうなんですか？」

「私？」

予想外な言葉に、思わず聞き返すと、高木くんは、真面目な顔でこくりと頷いた。

「うーんと、ね。私は……」

今は、もちろん幸せだ。

平穏な日常は幸せに違いなく、先日、鳥ちゃんにもそう宣言したばかり。

では、母と暮らしたあの時間は、どうだったろうか？

「やっぱり、かわいそうだった、かな」

へらりと笑ってそう言うと、高木くんは小さく息を吐いて、ふいに俯《うつむ》いた。

私と目は合わせないまま、「どうしてですか？」とぼそりと呟く高木くんに、言い訳のように言う。

「かわいそうかどうかって、自分の主観じゃ決められなくない？　私は、不幸せではなかったと思う。だけど、周りから『かわいそう』って思われてたのは事実だから」

かつての私は自分を幸せだと思っていて、だけど、周囲からそうは思われていないのも知っていた。それは、苦しくて、悔しくて、とても惨めだったから、私はどうにか反発するために、どんなに辛い時でも弱音を吐かず、平気な顔で振舞っていた。今から思えば、その極度の強がりが、私をどんどん生きづらくしていたのだ。

――かわいそう。

香織と親しくなってからは、あれほど反発していたのが嘘のように、不思議なほど落ち着いた気持ちで、それを認めることができるようになった。

母親の仕事が遅い時、テレビを流して気を紛らわしていた。図書館で借りた本が思っていたよりずっと怖くて、外から聞こえる風の音にびくついた。ぬいぐるみをぎゅうと抱きしめても、ちっとも恐怖心は拭えなかった。

母を喜ばせたくて、テレビでやっていたオムレツ作りに挑戦した。出来上がったのは、焦げ焦げの真っ黒な物体で、思わず泣きそうになった。

図工の授業で、家族の絵を描きましょう、という課題が出た時、母と私が手を繋いでいる姿を描いたら、「これじゃ、友達じゃん」と、クラスメイトに笑われた。私の絵が下手なせいなのもあるけれど、女二人で家族に見せるのは難しく、何度も描きなおしたけど、満足のいくものはできなくて、悔しかった。

それらは全部、かわいそうなことだった。

あの時感じたもやもやは、私がかわいそうだったから、抱いた感情だったのだ。

理解してしまえば、後は楽だった。一旦開き直ってしまえば、惨めな気持ちは徐々に薄らいだ。いちいち抵抗せずに同情を受け入れれば、物事はスムーズに進むようになり、周囲も、「かわいそうな私」には、優しくしてくれるようになった。

各段に、生きやすくなった、と思う。

「僕は、真子さんがかわいそうだなんて思いません」

力強い声にはっとして、前を見ると、高木くんが真っ直ぐに私を見つめていた。

「人がどう思うかって考えるなら、僕の考えもちゃんと聞いてください。真子さんもお母さんも、お互いが大好きだった。それを知ってる僕は、こう思います。かわいそうなんかじゃないって」

じん、と胸に温かいものがこみ上げる。

「ありがとう」

微笑むと、高木くんは真剣な顔で言った。

「まあ別に、僕の意見はただの一意見ですけど、自分がかわいそうかどうか決めるのに、自分以外の意見が必要なら……自分にとって大切な人の意見を取り入れるべきです。つまり、真子さんとお母さんが、お互いをかわいそうじゃないって思っていれば、それでいいじゃないですか？」

私と母が、どう思っているか。

高木くんの言葉はすとんと心に落ちてきて、

「……うん、私もそう思う」

にこりと笑って、私は深く頷いた。

「ありがとう」

もう一度、高木くんの目を見て、お礼を言う。

「い、いえ」

ぽりぽりと頭を掻く高木くんが照れているのだと気づいて、思わず、ふふ、と声を出して笑ってしまう。「何がおかしいんですか？」と言いながら、高木くんもつられたように笑った。

随分重い話をしちゃったな。高木くんもそう思ったのか、その後は、口直しのごとく、当たり障りのない話で盛り上がった。

帰り道、薄暗い夜道を歩きながら、ふと高木くんの言葉を思い出す。

――つまり、真子さんとお母さんが、お互いをかわいそうじゃないって思っていれば、それでいいじゃないですか？

ああ言ったということは、彼は勘違いしているのだろう。

私と母は、お互いを「かわいそう」なんて思っていない、と。

高木くんは優しい。どうにかして、私たちに救済を与えてくれようとしているのはわかったけど……あの言葉は逆効果だ。

私はおそらく、他の誰よりも、母のことを「かわいそう」だと思っているのだから。

女手一つで子どもを育てるということは、想像よりずっと、大変なことだ。何しろ、自分の人生だけじゃなく、子供の人生まで、一人で背負わなければいけない。

それは誰がどう見ても、もちろん私から見ても「かわいそうなこと」で、——そして、それは全て私のせいだ。

わかっていたから、私は誰よりも、母の幸せを望んでいた。

母は、素敵な女性だった。

きれいで優しく、チャーミング。そして、とても愛情深い。

母ならきっと、新しい恋ができる。

今からでも、幸せを摑むことができる。

母が自分に見合った相手を見つけ、その人と幸せになりたいと望むなら、私は全力で応援するつもりだった。恋人関係を楽しみたいというなら、邪魔にならないように隠れているし、家族として我が家に招きたいなら、歓迎する。そりゃあ、ちょっとは寂しかったり、面倒だったりするだろうけれど、母の幸せのためなら、私は何だってできる。

だって私は所詮は娘で、母のパートナーにはなれない。うさぎ一家のような、完璧な幸せをあげられない。それができるのは、伴侶となる男性だけなのだから。

だけど、母は誰とも結婚しなかった。

伴侶どころか恋人も作らず、そのまま若くして死んでしまった。

就職して二年が経過した、夏。

連絡を受けて病院に駆けつけると、母は病室のベッドに横たわっていた。何もかも悟ったような安らかな顔で天井を見つめる彼女に、「お母さん」と声を掛けると、うつろだった瞳の焦点が、一瞬だけ私に集まった。

「幸せに、なりなさい」

それが最期の言葉だった。

その後、医師から「ご臨終です」と告げられて、お悔やみの言葉をかけられたけど、涙はちっとも出てこなかった。

現実味がなかったのだ。

母の死因は心不全、原因はおそらく過労。

帰りのバスの中で、妙に冷静な頭で考えた。

やっぱりもっと強く再婚を勧めるべきだったのだ、と。

母は仕事が生きがいというタイプではなかったが、独り身の不安からか、やけに熱心に働いていた。「私ももう大人だから、頼ってくれていいからね」そう伝えたことはあったけど、母は曖昧に笑うだけで、「うん」とは言わなかった。やはり母親にとって、娘はあくまで娘、弱音を吐くにも、背中を預けるにも、心もとない存在だったのだろう。

私ではなく誰か、母にとって頼れる人物、苦労を分け合う相手がいたら、母は今も生きていたかもしれない。

そこまで考えて、もう全てが遅いのだ、と気づいた。

気づいて、母の死に顔が浮かんで……それでも尚、彼女が死んだことが信じられなかった。

その後、慌ただしくお通夜が行われ、お葬式も終わった。

全てが片付いた後、一人で家に帰って、母の遺品の手帳を、改めて開いてみた。

母はこまめに予定を書き込むタイプで、紙面は途中まで、ぎっしり文字で埋まっていた。

だけど当然、ある日を境に、予定欄は真っ白になっていた。

母が、死んでしまったから。

もう、未来がないから。

空白のページを見つめること数秒、張りつめていた糸が切れるように、涙がひっきりなしに溢れた。自分の中にこんなにも水分があったのか、信じられないくらい私は泣き続け、次の日、ようやく涙が枯れた後、母の言葉を思い出した。

——幸せに、なりなさい。

そして、決意した。

幸せになろう。

強く、強く、思った。

簡単なようで、とても難しいことなのだろう。幸せになることは。

何しろ、母ですら手に入れることができなかったのだ。

美しく、聡明で、かっこいい母ですら。

だけど、私は絶対に、幸せを掴まなければならない。

心に刻み込むように決意すると同時に、「それでいいの？」と頭の片隅で疑問が生まれる。

幸せになっても、いいの？　本当に？

怯えが多分に含まれた弱々しい声は、紛れもなく自分のものだ。

だけど私は、その声を無視することに決める。

私は後悔と懺悔《ざんげ》を抱えながら、それでも幸せにならなければいけない。

母が最後に願ったものを、叶えなければいけない。

私にできることは、もうそれしかないのだから。

三　高校生と恋バナ

「高木くん、疲れてる？」

三度目のドーナツ会。

店に入ってキョロキョロ辺りを見回すと、テーブルの上に突っ伏している高木くんを見つけて、恐る恐る声を掛ける。

高木くんはゾンビみたいに緩慢《かんまん》な仕草で起き上がると、うつろな瞳で私を見る。

「疲れて、ます。……今日、進路相談あって、がっつり絞られたんです」

「進路相談で絞られるって、高木くんってそんなに無謀なとこ目指してるの？」

どんな道でも応援するわ、と励ますべきか、それとも、厳しい現実を突きつけるべきか、姉としてはどっちが正しい対応なんだろう、そんなことを思っていると、高木くんは静かに首を振った。

「違います。そもそも、決まってないんです。こんなこと言っちゃあ何ですが、今それどころじゃなくて、大学のことなんか考えられません。特色とか知らないし、学びたいこともよくわかんないし、将来の夢はあるけど、九九・九パーセント叶わないだろうし」

ああもう、どうしよう、と途方に暮れたように呟く高木くんに、私はにんまりと笑いかける。

「よし、じゃあ、私が相談に乗ってあげる。ちなみに、東京の大学のことだったら、割と詳しいよ。まあ、一〇年前の情報だけど」

「あ、ありがとうございます」

高木くんはぺこりと頭を下げて、「えーと、じゃあ」と、少しだけ考える素振りをみせた後、私をじっと見る。

「志望校って、どんな基準で決めるべきでしょうか？」

「んー、偏差値と、興味ある分野と、あと場所かなあ」

「場所って重要ですか？」

「うん。四年も住むんだから、好きな場所がいいよ。許されるなら、遠くに行ってみたら？　勉強してる以外の時間の方が長いんだし、色んな経験のできるところがいいと思う。あ、せっかくだから、東京の大学にしたら？」

「いや、僕、東京はあまり、好きになれそうにないんで」

笑顔で一刀両断され、「そっか」と小さく呟くと、高木くんはさりげない口調で言う。

「真子さんは、志望校、どうやって決めました？」

「え」

まあ、予想はできた質問だけど、そんなに真剣な眼差しを向けられても困る。

だって私は……。

「仲良い友達と一緒のところにした」

ぽつりと呟くと、高木くんは「え」と呆れたような声を出した。

「そんな理由で？　真子さんって、意外と適当な人なんですか？」

高木くんをじろりと一瞥《いちべつ》してから、私は堂々と口にする。

「違う。学生生活を楽しむためには必要だったの」

どうしても、香織と一緒の大学に行きたかった。離れるなんて考えられなかった。そのくらい、私は香織が大好きだったのだ。

「まあ、友達とは学力も同じくらいだったから、偏差値もちょうどよかったし、場所も家から通える範囲内だったし……それに、最終的にやりたかった仕事に就けたんだから、あの大学で良かったの。絶対にそう」

言い訳がましくもごもご喋ってから、うん、と頷くと、高木くんが目を丸くした。

「へえ。真子さんって、何の仕事されてるんですか？」

「今はもう辞めちゃったけど、三か月前までは、絵本の出版社で働いてた。私、小さい頃から絵本が好きだったから、絵本に携われて楽しかったし、憧れてた大好きな作家さんの担当になれて、嬉しかったよ。もちろんしんどいことも、辞めたいと思うこともあったけど、今では働いて良かったなって思ってる。――そういう点で言うと、なりたい仕事に就きやすい大学とか、学部とかを選ぶのはいいと思うな」

いいアドバイスができた、と自己満足していた私に、高木くんが遠慮がちに問う。

「辞められた理由って、聞いてもいいですか？」

「ああ、夫の転勤だよ。仕方なかったの。会社は東京だったから」

「好きな仕事なのに、未練はないんですか？」

「……未練」

ぽつりと呟いてから、思い出すのは仕事自体ではなく、仕事に派生した、一つの約束。

大好きで憧れだった望月先生の担当になる時に交わした、ある約束のこと。

＊

入社して二年、まだまだ新人だった私が、しろうさちゃんシリーズの作者、望月先生の担当編集になったのは、とある偶然によるものだった。

長いこと絵本を描かず、公の場に姿を現さなかった先生が、何の気まぐれか、会社主催のパーティに参加した。気難しいと有名な先生をその気にさせようと、先輩たちが寄ってたかってもてなしていたのは知っていたけど、私には関係ないと、どこか他人事のように思っていた。私はまだ下っ端で、大御所の先生をもてなすには頼りない。

他人事なのは事実だけど、いつもの私なら、どうにか憧れの先生とお近づきになれないかと画策し、チャンスを窺ったはずだ。だけど、その時の私には、そんな気力は残っていなかった。

母が死んで、まもなくのことだったのだ。

忌引き休暇は終わっていたから出社はしていたが、喪失感は依然として残ったまま、やる気は全くなく、淡々と最低限の仕事だけをこなしていた。その日も、担当作家へ挨拶を済ませた後は、一番楽な受付役を引き受けて、会場入口にぼんやり突っ立っていた。

「ちょっと、あなた」

「はい。どうされました?」

声に応じて振り返り、思わず固まった。

肩のラインで揃えられた真っ黒なワンレングス、切れ長の瞳に、銀色の丸眼鏡。もう五〇代のはずなのに、潑剌とした印象のその人は、事前に名簿で見た、望月先生だった。

「随分若いわね。いくつ?」

「あ、え、その……二四です」

緊張しすぎて、しどろもどろになりながら答えると、先生は「思ったより年食ってるわね」と小さく呟いた。

「はい。あの、すみません」

思わず頭を下げた私を見て、「何で謝るのよ」とぼやいてから、先生は私をじっと見る。

「スーツ、いい趣味してるじゃない。自分で選んだの？」

「あ、ありがとうございます。このスーツは……母から、入社祝いにもらったんです」

母行きつけの仕立て屋で作ってもらったチャコールグレーのフォーマルなスーツは、テーラードジャケットに、タイトスカートという定番の形ではあるが、スカートのすそがさりげなくフリルになっていたり、裏地が上品なすみれ色だったり、襟元には私のイニシャル、M、のアルファベットがオシャレな感じで刺繍されていたりと、細かなところが凝っていて、私のお気に入りだった。

「そう。お母さん、か。いくつ？」

先輩たちが数人、遠巻きにこちらを眺めているのが見えた。先生が私なんかと話しているのが不思議なのだろう。怪訝そうな顔をしているが、私だって、気持ちは同じだ。だけど、先輩たちのように気持ちを顔に出すわけにはいかないから、どうにか愛想笑いを保ったまま、喋り続ける。

「五〇です」

「ふうん、私と同じじゃない。趣味が合いそうね。何してる人？」

「税理士だったんですが……先日、他界しました」

どんな調子で話せばいいかわからなくて、愛想笑いのまま、変わらない口調で答えると、先生もまた、平然として、「そう」と、頷いた。

それきり沈黙が落ちて、だけど先生はどうしてか、この場を立ち去らない。

気まずい空気に耐えかねた私は、とりあえずと、会話を続けることにする。

「私、先生のファンなんです。一番初めに好きになったのは『しろうさちゃんとくろうさちゃん』で、その、母から、誕生日プレゼントにもらったんです」

「へえ」

先生の表情が、少しだけ緩んだ気がした。

それが嬉しくて、ようやく、憧れの人と話しているのだ、という実感が生まれた。気分が高揚し、思わず声のトーンが上がる。

「それが、絵本っていいなあって思う、きっかけでした。それから絵本をたくさん読むようになったし、実は、自分で描いてみたりもしたんです。先生に憧れて、絵本作家になりたくて……まあ、それは無理だったんですけど、でも、この業界に入ったのは、先生の絵本があったからです」

熱弁してから、少しだけ迷って、聞いてみる。

「もう、お描きにはならないんですか？」

自分はもう物語を描き切った。先生がそう宣言しているのは知っていたけど、聞かずにはいられなかった。だって、私は先生のファンなのだから。

気難しいと噂の先生は怒るかもしれない、と、恐る恐る様子を窺うが、先生は怒るどころかにんまり笑って、軽い口調で言った。

「何？　描いてほしいの？」

「は、はい。それは、もう」

私が何度も頷くと、先生は「ふうん」と意地悪な顔で笑ってから、したり顔で言った。

「あなたの描いた絵本を見せてよ。私の創作欲をかき立てるような絵本を読ませてくれたら、私も新しい話を考えてみるよ」

「え？」

唖然とした私をそのままに、先生は声を上げて笑いながら、颯爽と去ってしまった。

普通に考えれば、彼女の言葉はただの冗談だ。だけど、少しでも、再びしろうさちゃんに会える可能性があるならば……。

幼い頃、絵本好きだった私の夢は、ストレートに「絵本作家」だった。出来上がった絵本は、自分でもわかるくらい稚拙だったから、絵本作家になるという夢は、次第に編集者になるという夢に移り変わったのだけど、今も描くことは続けていた。

先生は変わり者として有名で、担当編集は部内でも「できる」と評判の先輩だ。

相談すべきかと少し迷ったけど、反対されるのは目に見えている。話がこじれて面倒事になった時のリスクが高すぎるのは、自分でもわかっていた。止《や》めた方がいいに決まってる。だけど……どうしても、気持ちが抑えられなかった。

結局、私は自分の全てを込めて、一冊の絵本を描き上げ、それを直接先生に送り付けた。もし先生の逆鱗《げきりん》に触れたらどうしよう。上司にも先輩にも断りを入れず、勝手なことをしたのだ。責任は私一人にあるのだし、最悪、辞職して事を収める？　いやそれでも収まらないくらいの大事になったら？

不安が不安を呼び、周囲から早退を勧められるほど悪い顔色で仕事をしていると、ポケットの中の携帯電話が震えた。見慣れない十一桁の数字の羅列を見て、思わず息を呑んだ。編集部から出て、共用部の隅まで走ると、慌てて電話を取る。

「はいっ、青木です！」

「はいはい、望月京子《きようこ》です。あなたの絵本、読んだわ。時間のある時に、うちに来なさいよ。ああ、住所はわかる？　目黒区の……」

先生は淡々と告げた後、一方的に電話を切ってしまった。

少しの間、暗転した画面を呆然と眺めた後、我に返った私は思わずガッツポーズを作った。

「――っ、やった！」

「ダメダメだけど、他にはない味がある。まあ、頑張りだけは、褒めてあげてもいい。ぎりぎり、合格かな」

退社後、先生の家に向かうと、先生は相変わらずの平板な声でそう言った。

「あ、ありがとうございます」

これからの幸運全てを使い果たしたかもしれない。本気でそう思いながら、深々と頭を下げると、先生はふっと、唇の端だけで笑った。

「新しい話を考えるわ。その代わり、条件が二つ」

恐る恐る「何でしょうか？」と尋ねると、先生はピースサインを私に突き付けた。

「一つ目は、あなたが私の担当になること。今の担当さんには、私から話をしておくわ。そして二つ目は、あなたも絵本を描き続けること」

「……私が絵本を？」

どうして？　と視線で尋ねると、先生は嬉々として言う。

「あなたの絵本、一応、面白かったのよ。読んでると、私も描いてみようって思うくらいにはね。だから、育ててみたい。ものになるかどうかは、まだわかんないけど」

尊敬する望月先生に、私の拙い作品が褒めてもらえるなんて……。感動のあまり、口を噤《つぐ》んだ私を気にも留めずに、先生は続けた。

「絵本作家になりたいって、それ、今からでも叶えたらいいじゃない。四年、頑張りなさい。あなたが私の担当編集をしている間、絵本が面白いのが、単に私の趣味に合致したからなのか、それとも才能が眠ってるからなのか、確かめてあげる。——とにかく、あなたが描いてくれたら、私も描く。約束するわ」

それから、私は先生の担当編集者として、しろうさちゃんシリーズの出版に関わるようになり、そして同時に、自分で書いた絵本を先生に添削してもらった。

初め、絵本を描くのが、そしてそれを先生に読んでもらえるのが楽しくて、嬉しくて、私は夢中で話しづくりに取り組んだ。しかし、心を込めて書きあげた絵本が、先生から評価されることはついになく、無情にも時は過ぎた。

「これ、最後だと思って、描きました。これで無理なら、きっぱり諦めます。もう絵本は描きません」

退職する前、決死の覚悟で最後の絵本を差し出した。

しかし先生はページを捲ることなく、絵本をそのままゴミ箱に放り投げた。

「その程度だったのね」

それが先生から言われた最後の言葉だった。

＊

「――未練は、ないよ」

約束は守った。

私は四年間、必死に頑張った。

結局花開かなかったのは、才能がなかったということで……つまるところ、才能というのは、努力とは無関係のものなのだろう。

「十分やりきったから」

忙しかった仕事も、絵本を描くのも、もう過去のこと。

今の私は康生の妻で、いつか生まれる我が子の母親、それだけだ。

にこりと笑うと、高木くんは「そうですか」と小さく頷いた。

深くは聞かれなかったことに安堵した瞬間、

「真子さんって、旦那さんのどんなところが好きなんですか？」

「……え、突然、何？」

怪訝に思って尋ねると、高木くんは私から目を逸らし、窓の外を遠い目で見つめる。

「何か、明るい話を聞きたくなって」

ああ、これはかなり病んでいる。

「初めに言ったと思うんですけど、僕、ついこの間、彼女から振られてるんですよ。告白してきたのは向こうの方なのに、半年持たずに……毎回そうなんです。調子いいから、最初は好意持ってもらえるんだけど、つまんなくなっちゃうんだろうなあ。もう、結婚できるかなあって、不安で不安で」

すっかり負のスパイラルに嵌っている高木くんを「まあまあ」と、宥《なだ》めてから、私は明るい声を出す。

「結婚って……まだ高校生なんだから、心配しすぎだよ」

というか、高校生なのに、「毎回そう」と言えるくらいの経験値があるくらいなら、もうそれだけで何の心配もいらないような気がするんだけど。浮いた話一つなかった自分の高校時代を思い出しながら、乾いた声で笑っていると、高木くんは心外だとばかりに口を尖らせた。

「心配しますよ。幸せな家庭を持つのが、僕の夢なんですから」

「そう、なんだ」

親近感を覚えて、思わず頬が緩んだ。

俄然やる気が湧いてきて、私は身を乗り出して、にこりと笑う。

「私はね、夫……康生っていうんだけど、彼の意志の強いところが好き。康生は、目標があったら、必ずやりとげるの。きちんと計画を練って、しっかり努力して。そういうことを、当たり前にできるところ、いいなあって思う。康生と一緒なら、何でもできる気がするんだ」

幸せな家庭を作ろう。一人なら、無理だと諦めたかもしれないその夢も、康生となら叶えられると思った。絶対に、全てがうまくいく。何の疑いもなくそう信じて、薬指に指輪を嵌《は》めた日のことを、しみじみと思い出していると、はあ、と大きなため息が聞こえた。

気づけば、目の前の高木くんがテーブルにぐにゃりと頬をつけて、再び遠い目で窓の外を見つめている。

「旦那さん、すごく立派な人なんですね」

ぼそりと呟く高木くんに、「どうしたの？」と尋ねると、彼はちらりとこちらを見て、少し迷ったようにして話し始める。

「頭良くて、努力家で、堅実って、どんだけカッコいいんですか。大人だし、優しそうだし、将来性あるし、そりゃあ、真子さんが惚れるわけですよ。てか、イケメンすぎません？　僕も惚れます。皆、惚れます。――ああ、やっぱり僕はそんな風には絶対なれません。結婚できないかもなあ」

ぶつぶつと独り言のように呟いている高木くんの頭にポンと手を置くと、彼は視線だけ動かして、私をじっと見た。

「康生は、高木くんが思ってるような人じゃないよ。そんなにカッコよくない」

言いながら、近所のおばあちゃんが飼っていたゴールデンレトリバーのサムを思い出すなあ、なんてほのぼのしていると、

「慰めですか？」

高木くんの眉尻がぎゅっと下がって、途端に情けない顔になる。

「違うよ」

ぶんぶん首を振ってから、私は真剣な顔で言う。

「康生のこと、頭良くて努力家で堅実だとは思う。だけど、全然、大人じゃない。目標立ててるって言っても、馬鹿みたいなものだってあるし」

「え？」

「学生の頃なんてね、学祭の女装喫茶で一番美人のウエイトレスになるって言って、一か月くらい、毎日メイクしてたんだよ。脱毛して、朝晩しっかりスキンケアして、モデル歩きまで練習して……当日の康生、確かにすっごく綺麗だったけど、色っぽい仕草研究する彼氏見るの、彼女としては微妙だった」

当時を思い出して苦笑していると、高木くんはぷっと噴き出した。

「旦那さんに対する好感度上がりました」

「そう？　それにね、うざい所も多いよ。目標達成したら、祝杯上げたがるんだけど、す

ごくお酒に弱いの。べろんべろんになって甘えてくる」

康生は、普段は堂々としていて、どちらかというと男らしいタイプだと思うのだが、酔うと一変するのだ。べったり引っ付いてくるし、やたらと甘い口調で話し始める。あのデレ康生を動画で撮って知り合いに見せても、絶対に本人だと信じてもらえないだろう。

まあ、理性が完全に飛んでいるわけではないらしく、人前ではやらないし、誰彼構わず甘えるわけではないから、支障があるわけではないのだが……。

「膝枕で延々と武勇伝を聞かされて、『すごーい』なんておだて続けるの、かなり面倒なんだ。今は時間に余裕あるし、康生に全てを費やそうって割り切ってるからいいけど、仕事してた頃は大変だった。ちょっと、いや、かなり、うざったかったなあ。ほら……普段とのギャップがありすぎると、キャラ違う！　って突っ込みたくならない？　高木くんも、女の子がそうなったら、嫌でしょ？」

康生にもメンツがあるだろうと、今まで誰にも話せなかったが、無関係の高木くんならいいだろう。溜め込んでいた鬱憤《うっぷん》を吐き出して、あー、すっきりした、とにっこり微笑むと、

「……嫌じゃありませんよ」

高木くんが、低い声で言う。

「え、そう？」

「真子さんはわかってません！　普段甘えない女の子が甘えてくるって、全ての男の夢ですから！　ていうか、女の子に甘えられて、うざいとかないです。嬉しいだけです。男は皆、ギャップに弱いんです！　断言できます！」

「そ、そっか」

妙に真剣な顔で力説する高木くんに、思わず笑ってしまう。

「そうです。旦那さんだって、真子さんから甘えられたら、嬉しそうにするでしょう？　うざそうにはしないでしょう？」

前のめりで言われて、私は思わず言葉を濁す。

「えーっと、覚えてないなあ。最近、そんなに甘えてないから」

「ええっ！　旦那さん、かわいそう！」

悲痛な声を上げる高木くんに、思わず噴き出した。

「いや、そんな大げさに……ああ、でも、昔は今より甘えてたよ。うん、嬉しそうだった、かもしれない」

最近は「良き母」になることに必死で、昔のような空気はなくなってしまった。恋人だったころの甘い空気を思い出すと、何となく気恥ずかしくなってしまって、慌てて話題を戻す。

「あ、そういえば、高木くんも絶対うざいって思うのが、もう一つ。……康生、計画通りにいかなかったら、深夜にスイーツやけ食いするの。見てるだけで胃もたれする量を、私にも食べさせてくるから……これは結構、酷いよ」

二年ほど前に、康生が仕事でトラブルを起こした時なんかは、毎日大きなホールケーキを買ってくるものだから、私は一週間で三キロも太ってしまった。職場で何度も「妊娠した？」と尋ねられて、いたたまれない気持ちになったものだ。

「まあ、それは……かなり、うざいかも、ですね」

「そうでしょ？」

最近、康生のことを賛辞してばっかりだったけど、彼にもちゃんと短所がある。康生は、誰もが惚れる男前ではなく、癖のある面倒なタイプなのだ。どうしてか、そのことが嬉しかった。嬉しくて、声が弾んだ。

「だけど、私はそういうところも、好きなんだ」

馬鹿みたいな目標を果たすために頑張る彼を見守るのも、スイーツを食べすぎて、重くなったお腹をつつき合いながら、「太ったね」なんてからかい合うのも、甘えてくる康生の頭をそっと撫でるのも、なんだかんだで、とても楽しい時間だった。康生は面倒だし、うざったいけど、私はそれでも彼が大好きなのだ。

「だからさ、高木くんが調子いいだけの男でも、そこを好きになってくれる子が絶対にいるはずだよ」

にっこり笑ってそう告げると、高木くんはぼそりと言う。

「そうですね。……僕が、調子いいだけの、男でも」

「ああ、いや、私は高木くんのこと、いい男だと思うけどね」

慌てて弁解すると、彼はふわりと笑う。

「ありがとうございます。あー、僕も、早く特別な人がほしいなあ」

特別な人。

そう、私にとって、康生は特別な人だ。

出会った頃の、今よりまだ若い彼のことを思い出して、思わず顔が綻んでしまうくらいには。

「私、康生と出会ったのは大学生の時だったよ。高木くんも大学で、運命的な出会いがあるかも」

茶化すように言ってみると、高木くんは屈託のない笑顔を見せた。

「そうなんですか。楽しみです。受験勉強に対する意欲がわきます」

「がんばってね。私、ひまだし、情報収集には協力するよ」

「お願いします」

「任せて」

と、笑った瞬間だった。

高木くんははっとしたような顔をして、鞄の中から慌てて黒い物体を取り出した。突然の行動に呆気に取られながら、彼が顔の位置まで持ち上げたそれが、カメラだということに気づいた瞬間、

——カチャリ、カシャ、カシャ

静かな店内にシャッターの音が鳴り響き、同時にストロボがぱっと光る。

「すみません」

ややあって、高木くんの申し訳なさそうな声を聞いて、ようやく私は、今、彼から撮影されたのだと、理解することができた。

「いや、何？　突然、どうしたの？」

混乱する私に向かって、高木くんは「すみません」と、もう一度謝った。

「実は、写真を撮るのが趣味なんです。今の真子さん、頼りがいがあるお姉ちゃんって感じで、すっごくいいなって思って、思わず撮っちゃいました。……怒ってます？」

「怒ってないけど……」

恥ずかしい。が、まあ、いっか。

お姉ちゃん、と思われたのが、予想以上に嬉しかったのだ。

私はもしかすると、自分で思うよりずっと、高木くんを気に入っているのかもしれない。

照れ隠しに髪の毛をかき上げると、手を伸ばして、カメラにそっと触る。

「っていうか、いいカメラだね。すごく、素敵」

ごつごつとした無骨なボディにはあちこちに傷があり、首掛け用の紐も端がほつれてボロボロだ。かなり使い込んでいるのだろう。

「ありがとうございます。このカメラ、すごく気に入ってて。古いけど、良いレンズなんですよ」

高木くんは、鼻のあたりに皺を寄せ、くしゃりと笑った。

心から嬉しい時、無意識にこんな表情になるのだろう、そう思わせる、気持ちのいい笑顔だった。

高木くんはよく笑う。初対面の私と打ち解けるための営業用の笑顔、何気ない世間話に向けるたわいない笑顔、緊張している時の強張《こわば》った笑顔や、困った時、それをごまかすために作るつたない笑顔。

しかし、今の笑顔はとびきり良い。大好きで大好きで、たまらなくて、言葉で伝えきれないもどかしさが自然と表情に溢れてしまう。そんな顔だった。

なぜそんなことが私にわかるのか、それは、私が同じように気持ちが顔に出てる、と言われたことがあるからだ。

「カメラ、本当に大好きなんだね」

「はい、大好きです」

深く頷く高木くんを見て、はたと思いつく。

「もしかして……九九・九パーセント叶わない夢って、写真家とかなの？」

先程は聞き流していたが、そんなに大好きなら、仕事にしたいと思う気持ちもわかる。何しろかつての私もそうだった。写真家になる方法はわからないが、一種の芸術家なのだろうから、努力云々でなれるものでもなさそうだし……。

「まあ、そうですね。無理だろうってわかってはいても、夢見ちゃうのは仕方ないですよねえ。好きだから」

「そう、だよね」

下手だなあ、なんて自嘲しながらも、ひまさえあれば絵本の構想を練っていた自分を思い出し、苦笑すると、高木くんが不思議そうな顔をした。

「ね、写真、見せて」

気持ちを切り替えるように明るい声を出すと、身を乗り出して、カメラの裏側を覗き込む。しかし、そこには、あると思っていた画面がついていない。

「あれ？　これどうやって確認するの？」

「残念ながら、このカメラ、デジタルじゃなくてフィルムなんです」

カメラのボディをとん、と指で叩きながら、高木くんは言う。

「フィルムの一眼なんて、初めて見たかも？　不便じゃないの？」

「不便と言えば、不便ですけど、デジタルとは全然映りが違うんです。温かみのある良い写真が撮れますよ。まあ、撮り手次第ですけど」

カメラには詳しくないが、写真は好きだ。

詳しい理屈はわからないが、高木くんの言っていることは、何となく理解できる。

「昔の写真って、全部フィルムなんだよね。若い頃の母の写真で、すごく好きな写真があるの。今の写真とは全く感じが違うんだけど、もしかして、フィルムだからかな？」

母の死後、愛用していた手帳の中に、写真が挟まっているのを見つけた。全部で三枚、そのうち二枚は私のもの（一枚は幼い頃のもの、あと一枚は当時のものだった）だったが、一枚は、母自身のものだった。

写真の中の母は、まだ二〇代前半で、部屋着姿のまま、無邪気に笑っている。その服装と、親しい人だけに見せる飾らない表情から、それを撮ったのはかつての恋人……おそらく父だろう。

何度も撫でたに違いない。端はきれぎれ、表面は擦り切れていた。

うちには父が映った写真は（少なくとも私の知る限り）一枚もない。母が、父が撮った写真のみを残していた意味はわからない。単に、写真を気に入っていたからかもしれないし、直接的には無理でも間接的に、父との思い出を残しておこうと思ったのかもしれない。

見つけてしばらくは思い詰めるほど考えていたけれど、今はもう、どうでもいいと思う。

わからなくていい。むしろ、わかりたくない。

まあとにかく、捨てようとは思えないほど、良い写真だということは事実で、私はそれを大事に大事に、しまっているのだ。

「その写真、見たいです」

高木くんは、まっすぐにこちらを向いていた。

「古い写真だよ。母の表情がいいから、好きなだけなのかもしれないし」

正直、あまりにボロボロの、あの写真を人に見せるのは躊躇いがあった。

「そんなにも人の心に残る写真を見てみたいんです」

「普通の写真だって」

「お願いします」

また、押し問答だ。高木くんは初めに会った時と同じ、真剣な瞳で、私を見つめてくる。

「お願いします」

そして、結果も前と同じ。私はまた、負けてしまった。

「じゃあ、今度持ってくるよ。高木くんも、今撮った写真、現像して持ってきてね。見せ合いっこしよう」

負け続けるのが悔しくて、せめてもの交換条件をつけると、高木くんは肩を竦めた。

「僕の写真には期待しないでくださいね。大して上手くもないんです」

＊

次の日、朝起きると、隣に康生はいなかった。

時計を見ると、まだ六時半。私が寝坊したわけではない。

だけど、ダブルベッドの左側、少し捲れた布団の下は、すっかりひんやりして、少しのぬくもりも感じられない。生活音はどこからも聞こえないし、康生はもう家にはいないのだろう。

「あーあ、失敗した」

静まり返った部屋の中で、大きなため息をつく。

康生が朝早く家を出ていくのは、そう珍しいことではない。彼の仕事は相手次第なところがあるし、得意先に合わせて、朝、面会することも多いのだ。だけど、その際、私はいつも、彼に合わせて目を覚まし、きちんと朝食を食べさせて、送り出す。

康生は「寝てていいよ」と言ってくれるのだけど、妻として、夫のサポートを職務とする者として、仕事を全うせねばと思うのだ。だから、毎回、朝駆けの時は事前に教えてもらうようにしていたのだけど……。

「康生の、馬鹿」

言い忘れただけの可能性もあるけれど、多分、康生は意図的に伝えなかったのだと思う。高木くんと会うようになってから、水曜日はいつもより楽しくて、その分、少しだけ疲れている。いつもベッドでうだうだしている私がすぐに寝入ったのに、康生はおそらく気づいたのだ。疲れているらしい妻を寝かせてあげよう、というその配慮はありがたい。ありがたいのだけど……朝は、康生といられる貴重な時間なのに。

「寂しいな」

思わず声が漏れて、聞こえた自分の声がすごく切なげなことに、焦ってしまう。こんなことを思うのは、昨日、高木くんに康生のことを話したからだろうか？

何だか恥ずかしくなって、勢いよく起き上がると、リビングに向かった。

顔を洗って、歯を磨いて、朝食は、自分だけのために作るのは面倒だったから、食パンをホットミルクに浸して食べた。料理をほとんどしない康生から、唯一習った料理（と言えるのかは疑問だが）で、簡単だけど素朴で、それなりに美味しい。

そう言えば、初めてこれを食べたのは……。

——大好きでたまらないって気持ちが顔に出てる。

康生からそう言われた、あの時だ。

康生と付き合って二か月ほどが経った、少しだけ肌寒さの残る四月、母の出張中に、突然高熱が出てしまった。

朝、少し遅い時間に目が覚めて、立ち上がろうとしたら、体がよろけて派手に転んだ。体が重くて、起き上がることもできなくて、ひんやりとしたフローリングに寝そべったまま、「このまま死ぬかもしれない」と、ぼんやりした頭で思った。

母は二日後まで帰ってこない。親友の香織は恋人とデート中。付き合ってすぐの恋人にお願いするのは気が引けたけど、頼れるのは康生しかいなかった。

近くにあった携帯電話に手を伸ばし、何とか「たすけて」と四文字だけ入力して、康生にメールを送った。すぐに「すぐいく」という四文字の返信が返ってきて、二十分後、康生がきてくれた。

「他に、何かすることある？」

康生が聞いたのは、彼が家にやってきて、私に一通り、十分な看病をしてくれた後だった。彼はうちに着くなり、床に倒れていた私を抱きかかえ、ベッドに寝かせ、薬とポカリ、冷えピタを買ってきて、その上、彼お手製の「牛乳浸しパン」を振舞ってくれたのだ。

今から思えば、満ち足り過ぎていたのだと思う。康生はどこまでも優しくて、その包み込むような優しさは、母を思い出させた。だから私は、何の遠慮をすることもなく、彼に甘えてしまった。

「絵本、読んでほしい」

幼かった頃、熱を出した時には、母が絵本を読みながら、私を寝かしつけてくれていた。

体調が悪い時は、夢見も悪い。気が弱くなり、嫌なことばかり考えるから、それが夢に反映されるのだ。悪夢にうなされる私を心配した母は、何も考えずに眠って、幸せな夢を見られるようにと、ハッピーエンドの絵本を読んでくれていたのだった。

口にした後すぐに、厚かましかったかな、と思ったけど、康生は、その不安な気持ちを打ち消すような、穏やかな笑顔で頷いた。

「わかった。どこにある？」

「……向こうにある本棚の、左端。『しろうさちゃんの冒険』って絵本」

「了解。ちょっと待ってて」

康生はにこりと笑って言ってから、部屋の隅にある本棚へ向かった。やがて、ドサッと音がして、「ごめん！　一冊引き抜いたら、たくさん出てきちゃった」と、康生が慌てたようにそう言った。本棚、ぎゅうぎゅう詰めにしていたなあ、なんてぼんやり考えながら、私は返事をすることもできずに、天井を見つめていた。

「これだよね、じゃあ、読むよ」

ややあって、戻ってきた康生は、私に絵本の表紙を見せると、にこりと微笑んだ。

「……ありがとう」

どうにかそう呟くと、康生は一つ頷いて、絵本を読み始める。ぼそぼそと、感情の乗らない、だけど、不思議と落ち着く声で紡がれる物語は、自分で読むのとも、母が読んでくれるのとも違う、新しい物語に聞こえた。それがいつも以上に幸せな物語であるように思えて、私は康生が好きなんだ、と気づいた。

康生との出会いはコンパで、それから色々助けてもらったとはいえ、私はまだ彼のことをよく知らない。単純にタイプだったし、一緒にいて楽しかったから、彼からの告白を受け入れたけど、今まで本当に好きなのか、確信が持てないでいた。

だけど、いつの間にか……ちゃんと、好きになってたんだ。

「――しろうさちゃんは、しあわせうさぎなのです」

たどたどしい口調で全てのページを読み終えた後、康生は一つ息を吐き、ぼそりと呟いた。

「素敵な物語だね」

感動しちゃったよ、ぽりぽりと頬を掻く康生の、照れくさそうな顔を見たら、思わず口から言葉が漏れた。

「そうなの。素敵なの」

言いながら、私は上半身をぐいと起こす。

慌てて私を支えようとする康生を、大丈夫、と手で制してから、私は微笑んだ。

「しろうさちゃんシリーズは、幼かった私の心を支えてくれたし、たくさんのことを教えてくれた。私ね、この絵本を読んで初めて、家族って、何の理由もなしに、その存在をそのまま愛して、まるごと受け入れられるものなんだって知ったんだ。うさぎ家族は、私の理想の家族で、これからこうありたいって姿なの」

熱っぽい口調で語る私に、康生は優しく微笑む。

「うん、俺も……こういう家族が理想かな。幸せな家族だ」

「だよね！」

嬉しくなって、私は何度も頷いた。

熱のせいか、思考が定まらず、言いたいことがそのまま口から飛び出てくる。

「——あのね、絵本ってね、すごいんだよ。内容は子どもも理解できるくらいのものなのに、大人でも面白い。使ってるのは簡単な言葉なのに、心に響いてくる。可愛いイラストなのに、涙が滲む。いくつになっても感動できるのは、普遍的なものを、ストレートに伝えてくれてるからかな？　だけど、年を取るにつれて、感動するところが変わってくるの。だから、何回読んでも面白いし、この先自分はどういう風に変わっていくのかなって、想像するだけでも楽しくなる。こんな楽しみ方ができるのは、絵本だけだよ！」

勢いよく言葉を吐き出した私を見て、康生は驚いたように目を丸くしていた。

その顔を見て、はっとする。そりゃそうだ。今まで息も絶え絶えで、会話もできないどころか、起き上がることすら辛かったのに、絵本についてこうも大声で力説してしまうなんて、さぞかし変だと思うだろう。もしかすると、仮病だって疑われたかな？

窺うように康生を見ると、彼はふわりと笑って、優しく言った。

「大好きなんだね」

私がこくりと頷くと、康生はしみじみと続ける。

「大好きでたまらないって気持ちが顔に出てる。何ていうか……すごく、いい感じ」

「あ、ありがとう」

とりあえずお礼を言うと、康生はそんな私をじっと見つめる。

「絵本っていいなあって、俺、初めて思ったかも。他の本も読んでみたい」

絵本なんて子どもの読み物だと馬鹿にされたらどうしよう。そう少しだけ恐れていた。好きな人に、好きなことを好いてもらえないことほど悲しいものはない。だけど、好きな人が好きなことに興味をもってくれれば、それ以上に嬉しいことはないのだ。

「もちろんだよ！　さっき本棚見てくれたからわかると思うけど、一番下の段は全部絵本で、私の大好きなものばかりだから、どれでも読んでいいよ。持って帰って、家でじっくり読んでくれてもいいし。寝る前にベッドの中でゆっくり読む絵本、格別だから」

自然と気分が高揚し、体もすっかり軽くなった。病は気からっていうのは、本当だったんだなあ、なんて、ほのぼのした気持ちで思っていると、康生はからかうような笑顔で言う。

「じゃあ、真子がスケッチブックに描いてる、あの絵本借りていい？　家でじっくり読みたい」

「——え？」

一瞬で、頭が真っ白になった。

「み……み、み、見たの？」

趣味として絵本を描いていることを、康生に話すつもりはなかった。

理由は単純、恥ずかしかったから。ただ楽しいから続けているだけで、自分でも稚拙だとわかっているものを、見せたいと思うはずがない。思い入れはあるから捨てることはできず、森を隠すなら木、とばかりに本棚にしまい込んでいたのに……。何も言わないで、と頼み込むか、感想を聞くべきか、ちらりと康生を窺うと、彼は悪気のない顔で「うん」と元気に頷いて、明るい声で言う。

「見た。一冊引き抜こうとしたら、一緒に出てきちゃってさ。興味本位で読んだけど、すごく良かった。感動した」

馬鹿にしている様子はない。感動というのは大げさだけど、少しくらいはいいと思ってくれたのだろうか？　そう思った瞬間、全身の力が抜けた。

ベッドにどすんと倒れ込むと、息切れ切れに呟く。

「……冗談、言わないで」

頭から布団に潜り込むが、康生はひょいと布団を捲って、自分の顔を近づけてくる。

「本当に良かったんだ。俺からしたら、しろうさちゃん以上だったよ」

そんなはずない。そんなはずないとわかっているのに……嬉しいじゃないか。

朗らかな康生の顔が憎たらしくて、私は両手を伸ばして、彼の頰をぎゅうとつねった。

＊

「あの頃は、カップルって感じだったなあ」

一人でコーヒーを飲みながら、私はぼそりと呟いた。

当時は、付き合ってからまだ二か月ほどで、恋人として一番お熱い時期だったから、当然かもしれないけど。思い出すだけで気恥ずかしくなるほど、私たちは「カップル」だったのだ。

かつての自分たちを、少しだけ羨ましく思う。

今はもう、あの頃のように、恋人らしい雰囲気で過ごすことはない。……とはいえ、昔と言っても、それはついこの間までの話だ。夫婦になって初々しさは消えても、私たちは長いこと、恋人同士のような関係を貫いていた。それががらりと変わったのは、子どもを作り、家族になると決めた三か月前、私が良き母親を意識するようになってからなのだから。

ああ、でもそれは、私が甘えなくなったからなのかも。

康生の理想とする完璧な奥さんになりたかった。家を守るのは私の仕事で、忙しい夫に頼るべきではない。だから、弱音とか、我儘とか、家族のためにならない全てのことは自分のうちに溜め込んで、一人でどうにかしようと思っていたのだ。

――女の子に甘えられて、うざいとかないです。嬉しいだけです。

昨日の、高木くんの言葉を思い出して、ふと思う。

康生が「嬉しい」と思ってくれるなら、少しくらい、甘えてもいいのかな?

高木くんの言うことが康生にも当てはまるかは疑問だけど、ああも断言するくらいだから、少しくらいは信じてもいい気がする。

瞳を閉じて、康生に甘える自分を想像してみるが……。

「……ダメだ。久しぶりすぎて、恥ずかしい」

頭を抱えて項垂れた瞬間、手元の携帯が目に入って、はっと顔を上げる。

「メールだったら、言えるかも。……まあ、メールを送ること自体が、勇気いるんだけど」

携帯をタップして、メールの履歴を開くと、思わず笑ってしまった。最後に康生とメールしたのは、何と、二か月も前だったのだ。

康生にメールするのが憚《はばか》られるようになったのは、引っ越してきてからのことだ。

理由は一つ、食事中の会話と同じで、毎日自宅で過ごす私には、忙しい康生に読んでもらうほどの、内容あるメールが送れない。だけど、初めのうちは、それでも最低限のメールのやり取りをしていた。「今日の夜ご飯はいる？」「今日は会議があるから」「明日は早いの？」「余裕あります」何とか要件を探し出して、康生とコミュニケーションが取りたかったのだ。一人きりで過ごす昼間は穏やかだが、退屈でやるせない。そんな時、康生からのメールが届くと、少しだけ幸せな気持ちになれた。

だけどそのうち、康生は、大きな余白があるカレンダーを買ってきた。「ここに連絡事項を書き込めば、真子も楽だろ？」と言って。効率重視の康生らしい、ある種の気遣いだったのだと思う。そしてその日からメールの必要はなくなり……今に至るというわけだ。学生の時も、社会人になってからも、毎日とはいかないが、空いた時間にメールを送り合った。結婚してからも同じだ。会えない時間を埋めるように、メールを交わした。「大好きだよ。愛してる」なんていう照れ臭い言葉も、「私が悪かったです。ごめんなさい」とかの、意地を張って言えなかった言葉も、メールでなら伝えることができた。

康生が帰ってくるまであと四時間ほど。もしかしたら、返事は返ってこないかもしれないし、どうして突然？　と尋ねられてしまうかもしれない。

だけど、送ってみたい。

今よりずっと浅い関係だったのに、たすけて、という四文字を送る決意ができた昔の自分を思い出しながら、私は画面をタップする。

散々悩んだ末、打ち込んだ内容はこう。

「今週末は、二人でデートしたいな」

これが、甘える、ということなのかどうかはわからないが、今の私の、一番の希望だった。平日、深夜まで働いて疲れている康生を休日まで外に連れ出すなんて、申し訳ない。そう思って、ずっと遠慮していたのだ。

消そうかどうか、少しだけ迷って、小さく息を吐いた後、意を決し、送信ボタンを押した。後戻りができないことに安堵して、残っていたコーヒーをぐっと飲み干す。

テレビをつけると、ちょうどのタイミングでバラエティ番組が始まった。知らない芸能人たちのにぎやかな笑い声を聞きながら、ただただ過ぎていく時間に身を任せていると、テーブルの上の携帯電話がぶるりと震えた。

「いいね！　土曜日は仕事だけど、日曜日は一日空いてるから、久しぶりに遠出でもしてみない？　こっちきてから観光してないし、じっくり周ってみようよ。どんなとこが良いか、時間があったら候補を調べてみて」

送ってからまだ一時間しか経っていない。あと四時間ほどで帰ってくるだろうから、返事は来ないと思っていたのに。

「了解」

これ以上、仕事の邪魔をしたら申し訳ない。返信の必要のない簡単な文章を作って、送信ボタンを押そうとしたその瞬間、またもや携帯電話が震える。

「久しぶりに、真子がメールしてくれて嬉しかった」

何だかじんわり心が温かくなって、私は先ほど打った二文字を消去する。

「私も康生とメールできて嬉しい。仕事の邪魔にならない程度に、返してくれたら良いから、たまにメールしても良いかな？　日曜日のドライブ、楽しみにしてる。今から調べてみるね」

少し長めの文章だったけど、康生は笑顔で読んでくれる気がした。ろくに見ていなかったテレビを消して、パソコンに向かう。

康生とどこへ行こう。何を見て、何を食べて、何を話そう。そんな気持ちになるのは久しぶりだった。

「もちろん！　すぐに返信できない時も多いと思うけど、休憩時間に真子からのメールを見ると嬉しいよ。会社もう出たから、あと五分でつきます」

康生からメールがきたのは三時間後で、その宣言通り、康生は五分後には帰宅した。それなら返信なんてせずに、帰ってから直接言えば良いのに、なんて思ったけれど、嬉しかった。きっと、遠慮するばかりが、上手くいくってことじゃないのだ。

次の水曜は、高木くんに山ほどドーナツをご馳走しよう。

＊

水曜日、もはや恒例となったドーナツ会で、高木くんは席に着くなり、神妙な顔で私を見つめ、そのままゆっくり両手を差し出した。

「お納めください」

彼の手のひらの上にあるのは、一枚の写真。

裏返してあるからわからないが、これはもしかして……。

「この間の写真、できました」

ありがとう、とお礼を言いながら受け取るが、高木くんは相変わらず無表情だ。

不思議に思いつつ、写真をぺらりと捲り、まじまじと見つめて、思わず沈黙した。

写真は、顔を隠そうとする私の顔をアップで映したワンショットだ。カメラの性能は良いのだろう、被写体の私にピントがあって、後ろはいい感じにボケている。色合いも鮮やかだ。だけど——。

「……ひどい。ひどすぎる」

肝心の表情が残念すぎる。

眉根が寄せられた、嫌そうな顔。下がった口角に意地の悪さが表れているし、頬にはくつきりほうれい線が浮いていて、プラス五歳は老けて見える。瞳はうつろで、生気が全く感じられない。

自分がこんな表情をするなんて、知らなかった。

こんなに不細工な自分がいるなんて、知りたくなかった。

「そうですね。あまりいい顔とはいえませんね」

「他に、もっとマシなのはなかったの？」

あの時、何回かはシャッターを切っていたはずだけど……。

「これが一番ましだったんです。他のは、真子さんに直接見せるのは酷かなあ、と」

これよりひどい私の顔があるのか、それが驚きだ。

がくりと肩を落として、はあ、と大きなため息を一つ。

「……私、恥ずかしがる時、こんな顔するんだね」

もう二度と恥ずかしがりたくはない。

そう思わせてくれるほどのインパクトがある写真だ。

「いや、僕が切り取った一瞬が悪かったんだと思います」

視線を逸らした高木くんを見て、私は苦笑する。

「でも、そんな良いカメラで撮ってもらったの、結婚式以来だし」

まあ、だけど、結婚式の時はもっと可愛かった。うん、可愛かった。私は決してナルシストではないが、こんな時くらい自分を慰めてあげたい。

「カメラの性能と、カメラの腕は別問題です。正直、プロが撮ったら、インスタントでも良い写真が撮れます」

高木くんは、きっぱりそう言った。

でも、それはつまり……。

「高木くん、それは自分が下手だって言ってるようなもんだよ」

ふざけ調子に言って、笑ってみる。

あれだけ写真が好きで、すごいカメラも持っているのに、写真が下手なんて気の毒だ。真面目な顔ではとてもじゃないが言えなかった。

「僕、先週も言ったじゃないですか。大して上手くないって。僕は誰を撮っても、本人が見たこともないような、残念な表情を切り取ってしまうんです。今までもらった唯一の褒め言葉は『新しい自分を発見した』って一言だけです」

それはきっと、褒め言葉じゃなくて皮肉だろう。

「確かに、これは新しい自分かも」

しみじみと呟くと、高木くんはぺこりと頭を下げる。

「すみません」

「いや、別に謝られることじゃあ……あ、そうだ。一緒に、練習する？」

「え？」

私の突然の提案に、高木くんが目を丸くする。

今の状態で高木くんに言うのは憚られるが、私は写真を撮るのが好きなのだ。技術に自信はないけれど、少なくとも今の高木くんよりはマシだろう。

「私、写真、割と好きだし」

「写真、撮られるんですか？」

「まあ、高木くんみたいに、本格的にじゃないけど、ミラーレスなら持ってるよ」

特別高価でもないデジタルのミラーレスだが、きっと高木くんより良い写真が撮れるだろう。さっきの化け物のような自分を思い出し、一つ、大きく頷いた。

「素人だけど、友達からは評判良いんだ」

特に高木くんに足りないところが。心の中でそう付け足す。

写真について本格的に勉強したことはないから、技術の面で伝えることは何もない。私に教えられることがあるとすれば、もっと別のところ。

「真子から撮ってもらうと、盛れる」私の写真を褒める時、友達は皆、そう言う。

自分で言うのもなんだが、多分私は勘が良い。ここでシャッターを切ったら、一番可愛い瞬間が撮れる。私にはそれがわかるのだ。

高木くんにはきっとその勘がない。うんちくを垂れるくらいだから技術はあるのだろうけど、私にはその勘こそが、写真を撮るのに一番大事なものに思えるのだ。練習して向上するのかはわからないが、見本（というとおこがましいけど）を見せることはできるかもしれない。

「真子さんが撮る写真は、きっと素敵だと思います」

自信たっぷりに言いきる高木くんに、少しだけプレッシャーを感じて、苦笑する。

「来週はここじゃなくて、公園で待ち合わせしませんか？　前の道をまっすぐ行って、右の道の坂を上りきったところにある公園です」

高木くんが提案したのは、たまにする散歩で前を通ったことのある公園だった。遊具のあまりないだだっ広いだけの公園だが、高台にあるため見晴らしが良い。丁寧に手入れされている花壇も印象的だった。上から見下ろす夕刻の住宅街や、咲き誇った花壇の花たちを写真におさめるのは悪くない。

「了解。お天気だったらそうしよう」

「テルテル坊主作っときます」

高木くんの子どものような発言に頰が緩んだその時、

「ところで、例のあれは？」

思い出したように、高木くんが言った。

「あれ？」

「忘れてます？」

高木くんが項垂れたのを見て、ようやく思い出す。交換条件にしていた母の写真のことだ。ちゃんと準備していたのに、衝撃的な自分の写真に動揺して、すっかり忘れていた。

「思い出した！」

私が頷くと、高木くんは、浮かない表情から一転、嬉しそうに微笑んだ。

そんなに興味があるのかな、と不思議に思いながら、鞄の中をまさぐり、クリアファイルに挟んだ母の写真を取り出して、

「この写真。私が好きなだけかもしれないけど」

一旦、机の上においた写真を、高木くんの方にそっとスライドさせる。

「ありがとうございます」

高木くんは写真を手に取ると、しばらくの間、真剣な表情でその写真を見つめていた。

無言のままの高木くんを前にして、少しだけ居心地が悪い。高木くんなら、善かれ悪《あ》しかれ優しい言葉で感想を言ってくれると思ったのに。いつも、というほど彼と会ってはいないが、そういう性格を断言できるくらいには、高木くんを知っているつもりだ。

「どう？」

どれくらいそうしていただろうか。沈黙に耐えきれず、私から声をかけると、高木くんは勢いよく顔を上げた。まるで自分が沈黙を貫いていたことに気づかなかったみたいに、

呆然として私を見る。

「す、すみません。つい見入っちゃって」

「いや、どうだったかなって思って」

焦ったように、頭を掻く高木くんは不自然だ。なぜだろう。写真を見ていたその目は、まるで知り合いでも見るかのような、そんな温かさのある眼差しだった。そんなはずはあるわけないのに。心の内が知りたくて、じっと彼を見つめていると、

「真子さんに似てますね」

高木くんはしみじみと呟いて、私ににこりと笑いかけた。

「ああ、うん。自分でもびっくりするくらい似てるんだよね。写真の母は今の私より三歳若いんだけど」

そう言って、写真に刻まれた日付を指さす。

「今の私とそっくりでしょ？　私、意外と若く見られるのよ」

最初の時の会話を思い出して、そう付け加えると、高木くんは苦笑した。

「意外と根に持つタイプですね、真子さん。年齢より上言ったんじゃないからいいじゃないですか」

くすくすと笑い合った後は、いつも通りの雑談タイムだ。

お互いにテルテル坊主を作ることを約束して、その日は別れた。

土曜日の夕方、明日の行き先を県内の避暑地に決めた私達が準備をしていると、康生の電話が震えた。普段使いでないかしこまった声から察するに、用件は仕事だろう。良くないことがあったのだと、すぐにわかった。

話し始めてすぐ、康生の穏やかな表情は見事に崩れ、しかめっ面になり、さらには次第に弱々しくなった。彼が泣きそうな顔で電話を切った時には、何となく予想がついていた。

多分、康生は、会社で何か失態をしてしまったのだ。

どう励まそうかと考えあぐねているうちに、康生がくるりとこちらを向いた。

「ごめん」

小さく呟いてから、康生は申し訳なさそうに続ける。

「明日、仕事が入った。本当にごめん」

「何か、あったの？」

康生が事情を話したいのか、そっとしていてほしいのか判断できなくて、あえて曖昧に尋ねると、彼はもう一度、「ごめん」と言ってから、訥々《とつとつ》と説明する。

「先輩が風邪をひいて、明日出られなくなったらしい。どうしても、外せないアポイントがあるから、代わりに行ってほしいって」

「それだけ？」

つまり、康生のミスじゃないということ？

だとしたら、どうしてそんな、辛そうな顔をしているのだろう。

疑問に思って尋ねた瞬間、

「それだけって……俺、楽しみにしてたのに」

康生が、ぼそりと呟いた。

だって、と、私は心の中で言い訳する。康生が仕事で失敗し、辛い立場になることを思えば、デートがなくなるくらい「それだけ」のことだ。

私の気持ちとは裏腹に、康生は叱られた子どものように項垂れていて、私は、そんな康生を見て、申し訳ないことに、心がじんわり温かくなった。康生がこんなにも、私とのデートを楽しみにしていたなんて……嬉しいに決まっている。

そっぽを向いてしまった背中に思わずぎゅうと抱き着くと、康生は大きなため息をついた。

結局、日曜日のデートは中止。康生は朝から仕事に出かけた。

だけど、その代わり、再来週の金曜日と土曜日に、連休を取ることに成功した。事情を知った先輩が、仕事を代わってくれたらしい。

「車でドライブがてら、ちょっと遠くまで行って、泊まってこよう。温泉とか入りたいね。前回ドタキャンになったお詫びに、真子の行きたいところでいいよ」

一日限りのデートではなく、一泊二日小旅行。

つまり、結果オーライだ。

「せっかくテルテル坊主作ってくれてたのに、ごめんな」

窓に飾っていたテルテル坊主に気がついていたのだろう。

康生は申し訳なさそうな顔で言う。

「えーっと、うん」

このテルテル坊主は明日ではなく、水曜日の天候を祈っているとは言えなくて、「来週用にも作るよ」と、明るい声で宣言した。

翌日、約束した通り、大きなテルテル坊主を作って、一号の隣に飾った。

二匹並んで窓辺に揺れるテルテル坊主は、まるで、恋人か夫婦のようで、私たちの未来を明るく照らしてくれる気がした。

＊

水曜日は、雲一つない良い天気だった。

「テルテル坊主が良い仕事してくれましたね」

夏休みに入ったらしい高木くんは、水色のTシャツに細身のジーンズというラフな格好で、制服の時よりもずっと大人びて見える。首から下げているのは、前回のカメラより少しだけ小さい、それでも立派な一眼のデジタルカメラだった。

「特大サイズ二匹作ったからね」

「僕なんて一〇体作りました。というか、匹って何ですか?」

噴き出した高木くんに、私はむくれてみせる。

「うちでは、ずっと匹で呼んでるけど。テルテル坊主って生き物換算でしょ?」

「人形換算です。それに、坊主なんだから、生き物換算なら『人』じゃないんですか?」

「ただの人形に、天気を変える力なんてないわよ。人じゃなくて、テルテル坊主っていう生き物って思ってるの」

「匹なんて数え方する人初めて見ました。いいですね、それ」

「ちょっと、馬鹿にしないで」

笑いが治まらない様子の高木くんに平板な声で言いながら、今日の目的を思い出してカメラを向ける。すかさずシャッターを切ると、高木くんのよりは小さいが、それでも気持ちの良いカシャリというシャッター音が鳴った。

「不意打ちはやめてください」

「この前の自分を思い出しなさい」

不意打ちで、しかもとてつもなくブサイクな写真を撮った男がいうことか。

ふん、と鼻を鳴らして、写真を見返すと、明るさを少しだけ調節する。

「確かに。あの写真の真子さんの顔ったら」

例の写真を思い出したのか、高木くんがくすくす笑い出す。

誰のせいだと思っているのか。失敬すぎる。

抗議しようと口を開きかけたその時、ぴんときた。

今だ。

感じるのと同時に、高木くんに一歩近づき、素早くシャッターを押す。

「いいのが撮れたかも」

写真を確認する前から確信していた。

ファインダー越しに見た高木くんの表情が、まだ目に焼き付いている。

ぐっとくる一瞬を見つけた時には、かならず良い写真が撮れる。

液晶モニターに撮ったばかりの写真を映すと、高木くんが覗きこんだ。

「……いい、ですね」

高木くんが息を呑むのがわかって、少しだけほっとした。

かわいい弟のために、役に立ちたいという姉心だ。

「男前に撮れたでしょ？」

無邪気に笑う高木くんに、たくさんの光が差し込む温かな写真。

花壇に咲いた黄色の向日葵、周囲に浮かんだ光の粒、高木くんのしわくちゃな笑顔、私は今、ここにある幸せな瞬間を、切り取ることができたのだ。

「逆光を利用して、更に明るく撮ることで、優しい印象にしているんですね。僕の表情や、背景の公園の雰囲気と合っていて、すごく素敵です」

真面目な顔で解説する高木くんに、思わずつっこんだ。

「そうじゃなくて」

明るさは調節したが、逆光を狙ったわけではない。見てほしかったのは、そんなことじゃないのだ。

「いい顔してるでしょ?」

高木くんの一番良い表情を撮りたかった。

突飛なことを言い出すくせに変なところで丁寧で、とびきり優しくて、人を傷つけることを嫌っていて、それなのに、自分の気持ちを曲げられない高木くん。

そんな高木くんが、他のことを全部忘れて、夢中で笑う顔が撮りたかった。

その理由が私の変顔だというのは、少しだけ腹立たしいけれど。

「確かに」

今気がついたと言わんばかりに、高木くんは頷く。

「私には写真のことは良くわかんないけど、相手が一番いい顔した瞬間を見逃さないっていうのが、大切なんじゃないかな」

　素人でしかない私のアドバイスに、高木くんはしっかり耳を傾けてくれる。

　その後、何枚も写真を撮った。モデルポーズしたお互いの姿に花壇のスイトピー、散歩にきていたダックスフンド。

「うーん、何か、違うんだよね」

　私が呟くと、高木くんも頷く。

　思わず口から出た正直な意見に、高木くんがショックを受けた様子はなかったのでほっとする。

「そうなんですよね。なぜでしょう。真子さんの写真の方が、生き生きとしてます」

　花を撮っても、犬を撮っても、高木くんの写真はいまいちだ。明るさは適切だし、ピントも合っているのだが、どこか寂しく、勢いがない。犬にいたっては、疲労感すらただよっている気がする。実際は元気に走りまわっていたのに。

「高木くん」

　自分の写真と見比べて、あることに気づく。

「あの鳥撮ってみて」

　花壇に吸い寄せられる一羽の鳥を指さすと、高木くんが少しだけ顔をしかめた。

「逃げられたらどうするんですか」

「静かに近づけば大丈夫よ。ほら早く」

ぽん、と背中を押すと、高木くんはしかめっ面のまま、おそるおそる花壇に近づいて、レンズを向けた。ひゃあ、という情けない声と同時に、カシャリ、とシャッターの音が鳴る。

「……高木くんの改善点がわかったかも」

足早に戻ってきた高木くんの写真を見ると、推測は確信に変わった。

「もっと近づいて撮るべきよ。ズームするんじゃなくて」

花を撮る時も、犬を撮る時も、高木くんはズームに頼って自ら踏み込むことはしなかった。私はいつだって限界まで近づく。そうしないと気づかない一瞬がある。犬のよだれが髪につくほど近づけば、楽しげに走り回る犬の息づかいもわかるのだ。

高木くんは鳩が豆鉄砲を食ったように、ぽかんと口を開けていた。

「あと半歩の踏み込みが足りない。ロバート・キャパも言っていました。僕は基本の基本ができてなかったんですね」

淡々とそう言う高木くんに私は尋ねる。

「ロバートって誰？」

「有名な写真家です。ロバート・キャパも知らない人から、図星すぎるアドバイス受ける僕って何なんだろう」

高木くんはまたもや噴き出す。彼もなかなか笑い上戸だ。

「それ、私を馬鹿にしてるでしょ」

「違います。真子さんはすごいなあって思って」

「絶対馬鹿にしてる」

お腹を抱える高木くんに、大股一歩で踏み込む。

「ムカつくくらいの笑顔を撮ってあげる」

「僕も撮ります」

言いながら、高木くんも、私に近づいた。

互いの息遣いを感じられるほどに顔を近づけて、にっと笑い合う。

家族にしか許されないくらいの距離にいるのに、嫌だと思わない。彼の笑顔を近くで見て、可愛いと思う。それに気づいてしまって、これからはもう、高木くんのことを他人とは思えないなあ、なんて思う。

お互いのどアップを満足するまで撮った後、撮った写真を互いに見せ合った。

「うーん、さっきよりは良くなったけど……」

「真子さんの方がいいですね」

「そうだねえ」

お互いに限界まで近づいて写真を撮ったはずなのに、彼の写真は、私の写真よりも出来が悪かった。私の言うことは、所詮、素人アドバイス。彼の先生になろうなんて、おこがましかったのかもしれない。練習すれば上達する、というものでもないだろうし……やはりこのままでは、高木くんが写真家になるのは難しそうだ。

はあ、と小さく息を吐いた瞬間、

「うう……悔しい。悔しいけど、まあ、いっか」

隣の高木くんが、明るい声で、そう言った。

「いいの？　正直、高木くんの写真、微妙だよ」

思わず本音が漏れて、「あ、ごめん」と低く呟くと、高木くんはおかしそうに笑った。

「大丈夫。わかってます。でも楽しかったから、いいんです」

高木くんの、あまりにあっけらかんとした物言いに、少しだけ胸がざわめいた。

「いいの？　楽しんでるだけじゃ、うまくはなれないよ」

先生の下で絵本を描いていたあの頃、私は必死だった。だからこそ、認められないことに焦り、楽しむ余裕なんて全く持てなかった。つまりは、それくらい、頑張っていたのだ。

「何かと真剣に向き合うなら、そこにあるのは苦しさだよ。うまくなりたいなら、それくらい、我慢しなきゃ」

こんなお説教めいた言葉、今までの私なら、決して口にしなかっただろう。

相手にひたすら同調すること、聞こえの良い言葉を駆使して相手のご機嫌をとること、そのどちらも、私にとっては簡単なことだ。気まずい空気は大嫌いだし、他人ならその場だけを穏便にやり過ごせればいい。後はどうなっても構わない。そう、他人なら。

だけど、今思ってしまったのだ。

高木くんを他人とは思えないと。

家族のようだ、と。

「そうかなあ。確かに、頑張って頑張って、それでも報われない時は悔しいですし、自分のセンスのなさに落ち込むこともありますけど……でも結局、楽しさの方が大きいですよ」

苦笑する高木くんに、私はしつこく食い下がる。

「それはきっと、頑張りが足りないからだって」

その勢いに気圧《けお》されたのか、高木くんは戸惑ったような顔で私を見る。

「違いますって。だって、好きなことしてるんですよ？　自分でやりたいと思ったこと、好きにやってるんですよ？　楽しい方が当たり前です。真子さんが言ってるのって、させられてる時の話じゃないですか？　ほら、宿題やれって言われると、途端にやりたくなくなるみたいな」

させられてる時。

その言葉を聞いた瞬間、ぎくりとしたのは、自分でもわかっていたからかもしれない。

私はいつの間にか、絵本を描くことを楽しめなくなっていた。私はそれを、相応の努力をしたからだと思い込んでいたけれど、本当はそうではなく……いや、違う。先生は私に強制などしなかった。

「違うよ。私が……私が自分で、大好きなその人のためになりたいって思ったから」

ぽつりと言ってから、はっとする。

高木くんの話をしていたのに、いつの間にか自分のことを話している。謝罪、もしくは言い訳、何でもいいから、口にしなければ、と思った瞬間、

「昔、僕の父さんが言ってました。自分がやりたいことの理由を、他の誰かに求めちゃだめだって。自分で決めたことじゃないと、後々辛くなるし、その時、その責任を、誰かに押し付けることになるって」

高木くんは淡々と言ってから、「すみません」と、小さく謝った。

「いいの。いいんだけど……」

よくわからない。

視線で訴えると、高木くんは、ぽつり、ぽつりと、小さな声で説明してくれる。

「父は過去、大切な人のためにって、頑張っていたことがあったそうです。だけど、その人とケンカしてしまって、それで、『頑張っていたこと』もやめようとした。そうしたら、その人から怒られたらしいんです。『私を理由に使わないで』って」

ああ、そうだ。

先生だって、多分怒る。いや、既に怒っていた。

先程はよくわからなかった言葉の意味が、すとんと心に落ちてきた。

私は絵本を描くのが好きだった。自分で物語を考え、それを形にするのが楽しかった。

だけど、いつの間にか、私の目的は絵本を描くこと自体ではなく、先生に満足してもらうことになっていたのだ。先生のことは尊敬しているし、大好きだったけど……それでも私は、心の奥底では、彼女のためではなく、自分のために、絵本を描きたかったのだと思う。誰かのために描くのは楽しくなくて、だからこそ、あんなことが言えたのだ。

——これ、最後だと思って、描きました。これで無理なら、きっぱり諦めます。もう絵本は描きません。

先生は全てをわかっていて、だから、私があぁ言った時、絵本を読みもせず、捨ててしまったのかもしれない。

「……お父さんのおかげで、捨てちゃった趣味が復活しそうかも。忠告、ありがとうございましたって、お礼言っといて」

唇だけで微笑むと、高木くんは心の底から嬉しそうに「はいっ！」と元気な声を上げた。

やっぱり可愛い。

その弾けるような笑顔を見た瞬間、ふと思った。

私も、もう一度、描いてみようかな。

そして、思った瞬間、警告のように、康生の声が頭に響く。

——俺たちの夢、理想の家族になるためには、いいお父さんと、いいお母さんにならなきゃいけない。それが何より一番、大事なことだから。

康生は趣味だったスキューバダイビングも、好きだった麻雀もやめた。休日も休まず働く彼は、働き者のいいお父さん、になるために、その他全てを捨てたのだ。

かつての私は、絵本を描くのが楽しかった。

楽しくて……楽しすぎて、度々、没頭した。

学生時代は授業をサボったし、仕事を始めてからは睡眠時間を削った。食事を抜いたり、恋人とのデートをキャンセルすることもあった。

今また絵本を描き始めたら、家族に尽くすお母さん、にはなれない。

私は、絵本を描けない。

好きなことだからこそ、できない。

「真子さん?」

不思議そうな顔でこちらを覗き込む高木くんに、「何でもないよ」と首を振る。

「高木くんのお父さんってどんな人かなって思っただけ。いつか、お会いしてみたいな」

微笑むと、高木くんはぱっと嬉しそうな顔になって、「ぜひぜひお願いします」と、深く頷いた。

四　奈々未《ななみ》ちゃんと一緒

夕食作りが終わって、後は康生を待つだけ。ソファーに座って、一人、ぼんやりテレビを見ていると、テーブルの上の携帯電話が、ぶるぶると震え始めた。

康生か、鳥ちゃんかな？

立ち上がり、携帯を手に取ると、画面には見知らぬ番号が表示されている。

不審に思いながらも画面をタップして、携帯を耳に押し当てた。

「もしもし？」

お客様用の明るい声で口にすると、一瞬の沈黙の後、

「――真子？」

聞こえたのは、鈴の鳴るような、軽やかで、澄んだ声。

久しく耳にしていなかった、だけど、ずっと聞きたかった声。

「……香織」

呟くと、「うん」と、小さく返事が聞こえる。

「香織だよ。久しぶり」

小さく深呼吸して、息を整えてから、「久しぶり」と呟いた。

何と続けようか少しだけ迷って、結局、何も言わないまま口を閉じる。

言いたいことも聞きたいこともたくさんあったのに、言葉が出てこなかった。

嬉しさと不安が入り混じった大きな塊が、のどに詰まってしまったかのようだ。

少しの沈黙が落ちた後、

「あのね、真子。鳥ちゃんから私のこと、聞いてる?」

七年ぶりの会話だなんて感じさせない、屈託のない声だった。

だけど、私にはわかる。香織は少しだけ、緊張している。久しぶりの会話を楽しいものにするために、彼女はあえて、こうしてくれているのだろう。

だから私も、意識して明るい声を出す。

「う、うん。鳥ちゃんの結婚式に参列するんだよね」

聞いたのは、「するかも」という可能性の話だったけど、こうして連絡をしてくれているのだ。香織はもう、私たちを拒絶するつもりはないのだろう。

香織に会える。そう思うと、心が弾んだ。しかし……。

「それがねえ……参列したかったんだけど、無理になっちゃったの」

香織はあっさりと、私の希望を打ち砕いた。

朗らかに微笑む香織の顔が浮かんで、会いたいと、もう一度、さっきよりも切実な気持ちで思った。

茶化すような香織の声を聞きながら、変わってないな、と思う。

「あ、真子。残念に思ってくれてる？　ちょっと、嬉しいなあ」

「……そう、なんだ」

「当たり前だよ。もう、七年も会ってないんだもん」

私がどれだけ、彼女のことが大好きだったか。香織だってわかっているはずだ。

「そうだね。私も会いたいよ」

香織はしみじみと言ってから、

「だから、会わない？」

弾んだ声で続けた。

「……え？」

戸惑う私に、香織はさらに言う。

「鳥ちゃんから聞いたよっ。真子、今、大分にいるんでしょ？　私は熊本に住んでるから、車で二時間くらいだねえ。頑張ったら、日帰りでも行けないことないけど、一泊するのが無難かなあ。まだ日程の目途は立たないんだけど……私、そのうち時間見つけて会いに行くね。あーっ、そ、れ、か、真子が来てくれてもいいよーん」

「…………」

数秒の沈黙のうち、ひらめいた。

康生との旅行の行き先を、熊本に変更すればいい。

「わかった！　私が行く！　来週の金曜日と土曜日に！」

勢いよく口にしながら、自分に言い聞かせる。

大丈夫。だって康生は「真子の好きなことしていいよ」と言ってくれていた。距離だって適当だし、熊本には観光地もたくさんある。大丈夫、大丈夫。

言い訳のようになってしまうのは、本当は心苦しいからだ。康生に相談もせず、勝手に決めていいわけない。だけど、香織にすぐにでも会いたい。会いたくて、会いたくて、堪《たま》らない。

「どこでもいいから、少し、時間作れる？」

「土曜の午前中なら、大丈夫！　でも、あの……本当にいいの？　真子がっていうの、本当は冗談だったんだよ？」

申し訳なさそうな声に、思わず「ごめん」と呟くと、香織は慌てたように言う。

「ううん、来てくれるの、ありがたいんだよ。うちの子ね、飽きっぽいんだ。長時間ドライブに耐えられるか、ちょっと不安なの」

うちの子。

その言葉を聞いた途端、言葉を失った。

黙り込んだ私を気にも留めずに、香織は続ける。

「真子は知ってるよね。もう、七歳になったんだ。小学一年生。小さい時の私そっくりで、お転婆なの。あ、鳥ちゃんの結婚式に行けないのも、実は子どもの学校行事と被ってるからなんだよね」

香織の言葉の端々から、子どもへの愛情が伝わってきて、心がずんと重くなる。

「……そ、そっか」

やっとのことで出した声は、掠れていた。

「うん、そうなの」

私の異変に気づかないわけでもないだろうに、香織はさっきまでと変わらず、明るい声で言う。

「奈々未《ななみ》っていうんだよ」

「……女の子、だったんだ」

私は確かにその子の存在を知っている。

だけど、逆に言えば、知っているのは、その子の存在だけなのだ。

だって、私がその子のことを知ったのは、性別さえわからない頃だった。

「うん。真子にね、会ってほしい。——私、ずっとずっと、そう思ってたの」

彼女に、会う、だなんて。

香織はどんな気持ちで、そんなことを言うのか。

全くもって、理解できなかった。

「あ、休憩終わりそう。仕事に戻らなきゃ。じゃあ、また詳細決まったら連絡してねっ。あ、今かけてるのが、私の携帯の番号だよ」

私の返事を待たず、香織は素早くそう言って、電話を切ってしまった。

しばらくの間、電話越しに聞こえてくるツーツーという素っ気ない電子音を、呆然と耳にしていた。

ぼんやりとした頭で、小学生の時の香織を思い浮かべる。

真っ白な肌に、丸い瞳、ふっくらした薔薇色の頬に、きゅっと上がった口角。溌剌とした、愛らしい子供だった。しろうさちゃんによく似ていた。

香織に似ているのであれば、彼女の子供は、さぞかし可愛いだろう。

「……奈々未ちゃん、か」

名前を呼んだ瞬間、全身から汗が噴き出した。

彼女の存在が一層リアルに感じられ、怖くなったのだ。

会いたくない。

会えるはずない。

会わせる顔がない。

だって、私は……私は、彼女を殺そうとしたのだから。

＊

「子どもができた」

大学三年生の夏、校舎の屋上で、昼食のサンドイッチを食べている時、香織がぼそりとそう呟いた。

「……え？」

直射日光が厳しい真夏の屋上は人気がなく、他に人はいなかった。誰の声もしないその場所に、呆けたような私の声が響いていた。

ランチの場所に、屋上を選んだのは香織だった。美肌命と、いつも紫外線を気にしていた香織が屋外に誘うなんて珍しく、「どうしたの？」と尋ねると、「ゆっくり話したいことがあって」と、彼女は曖昧に笑ったのだ。

話したいこと。

それが、何らかの相談だというのは予想がついていた。

香織は最近、ぼんやりすることが増えて、授業中はもちろん上の空、食事の量は減って、大分痩せてしまっていた。悩みがあることは明らかだった。

数か月前に付き合い始めたという恋人のことだろうか？

相手は合コンで出会った社会人で、随分年上だと聞いている。香織が付き合うのは同世代ばかりだったから、今までにない悩みでも生まれたのかもしれない。

そう、想定はしていたのだ。だけど……。

「――私、妊娠したみたい」

さすがに、そこまでの内容だとは思わなかった。

「にん、しん」

しどろもどろに呟きながら、香織のお腹をじっと見る。

くびれのある、ぺたんこのお腹。とてもじゃないが、そこに赤ちゃんがいるようには見えない。だけど香織は、その薄いお腹をそっと両手で、大事そうに包みこむ。

「そうだよ、ここに赤ちゃんがいるの」

言いながら、香織は薄く笑った。まだ見ぬ我が子を愛おしく思っているのがわかる、優しい微笑み。お母さんの表情だ。その、神々しいほどに美しい香織の横顔をじっと見つめながら、私は尋ねた。

「どうするの？」

「………」

香織はふと顔を上げると、窺うように私を見た。微笑んでいるようにも見えるけど、瞳にあるのは、怯えの色。

私は彼女を安心させたくて、にっこりと笑った。

大丈夫。私は香織の味方だよ。

私は香織が何より大事なのだ。

世間の目とか、倫理的なこととか、相手の都合とか、そんなのはどうでもいい。

香織に幸せになってほしい。ただ、それだけ。

その思いが伝わったのか、香織は少しだけ表情を緩めて、ゆっくり口を開く。

「産もうと、思う」

「……そっか」

となると、このまま相手と結婚して、大学は辞めるのだろうか？　香織と一緒に卒業できないのは悲しいが、家庭に入るのだろうし、それは仕方がない。このまま彼と結婚して、きっとママうさぎのような立派なお母さんになるのだろう。だけど……。

「結婚式は、できるといいね」

幼い頃、着せ替え人形を華やかな衣装で着飾るのが好きだった彼女は、美しいドレスを着ることができる結婚式を楽しみにしていたのだ。私なりに、場の空気を軽くしようとした一言だったのだが、

「できないよ」

香織は妙に固い声で言う。

「え……でも、お腹ならどうにかなると思うよ。今はそういう人向けに、お腹を隠すタイプのふんわりしたドレスもあるって、あ、香織が教えてくれたんじゃなかったっけ？」

そりゃあ、選び放題とまではいかないかもしれないけど、香織なら何を着ても可愛いはずだ。にこりと微笑むが、香織は困ったような顔で、首を横に振る。

「結婚できないの。あの人、既婚者だった。私、騙されてたの」

「……嘘」

言葉の意味を理解できなかった。

香織の恋人が、既婚者。

そんなはずない。こんなに可愛くて、素敵な香織が本命でないなんてあり得ない。

「嘘、だったら良かったんだけどねえ」

香織は、アハハと、と場違いなほど明るい声で笑うと、淡々と続ける。

「彼とは示談で決着つけるつもり。お金くれるって言ってるから、しばらくはそのお金で生活する。あとは、お母さんに助けてもらいながら、働く。――だから、大学は辞める」

大学を辞めて、結婚もせずに、一人で子供を育てる。

嫌だ、と、そう思った。

それが、自分のことだったならまだ良かった。私なら、できる。耐えられる。だけど、香織には、彼女にだけは、そうあってほしくなかった。

だって、香織はしろうさちゃんだ。

私の憧れるしあわせうさぎ。

しあわせうさぎは、年老いて死ぬまで、ずっと幸せに暮らす。

おとぎ話の最後を締めくくるあのセリフはいつもこうだ。

いつまでも幸せに暮らしました。

香織はそうでなくちゃダメなのに！

「子ども、産むのやめなよ」

口から出た自分の言葉の残酷さを嚙みしめながら、だけど私はひるまなかった。

「堕ろした方がいいと思う」

強く告げると、香織は私をきっと睨みつける。

「嫌よ。絶対に、産む」

「じゃあ、相手と結婚しなよ。香織が頼めば、きっと奥さんと別れてくれる」

「無理だよ。あっちが本気で、私が浮気だもん。私は一人で、子どもを産む。それで、いいの。もう決めたの。……真子、どうして応援してくれないの？」

香織の顔が、悲しげに歪んだ。

涙の溜まった揺れる瞳を見つめながら、私は唇をぎゅっと噛む。

「どうしてって……」

それは、こっちの台詞《せりふ》だった。

香織はどうして、どうしてわかってくれないのだろう。

私は香織に幸せになってほしいだけ。私は他の誰より、おそらく自分よりも、香織に幸せになってほしいと願っている。私は、香織の味方だ。

香織は幼い頃、私に「かわいそう」と言った。

彼女は今まさに、その「かわいそう」の当事者になろうとしている。このままでは、香織は幸せにはなれないのだ。

「だって、香織はそれで良いの？　――そんなの、あまりにも……かわいそう、だよ」

香織は目を丸くして、何も言わずに俯いた。

私も同じように下を向いて、香織のスカートの、ところどころ濃くなっているところをぼんやりと見つめていた。そのシミが涙のせいでできたものだとわかったのは、しばらくたってからだ。

「私は、かわいそうじゃないよ」

人を好きになり、その人から選んでもらえなかった香織。これから子どもを一人で育てていく香織。働きながら、辛い思いをして育てるだろう香織。

香織は、かわいそうだ。

「私、香織が苦しい思いをするのは、嫌だよ」

絞り出すように、声を出した。

いつの間にか、私も泣いていた。

ずっと憧れで、目標だった香織が目の前で泣いている。私が泣かせてしまった。それが悲しかった。

「真子、ありがとう」

香織は泣きながら、私を見て、にっこりと笑った。

涙は絶えず目から溢れているのに、いつもとおなじ、綺麗な笑顔。

それから思い出したように立ち上がり、階段を下りる彼女の後を、私は追うことができなかった。

それを、今でも後悔している。

＊

「ねえ、高木くん、小学一年生の女の子へのプレゼントって、どんなものがいいと思う？」

その週の水曜日、いつものドーナツ会で高木くんに尋ねると、彼は「いきなり何ですか？」と、訝《いぶか》しげに私を見た。

旅行の行き先を熊本県にすること、そして、途中で香織に会う時間をもらうことを、康生は快く了承してくれた。翌日、香織に連絡し、午前中に二時間ほど時間をもらって、彼女の家を訪ねることが決まった。手土産は持っていくけど、奈々未ちゃん用にも、何か買っていきたい。もちろん、それで贖罪《しょくざい》になるとは思ってはいないけど……。

「友達と、その子どもに会いに行くんだ。友達には七年ぶりで、子どもには初めて会うの。私、その子に嫌われちゃう気がする。楽しませる自信が全くない。……だけど、どうしても、その子を喜ばせたいの」

厚かましいかもしれないけど、私は二人の笑顔が見たい。

自分には自信がないから、物を使うしかない。せこいし、みっともないし、ダメダメだけど、それでも――。

ぎゅっと唇を嚙みしめた時、

「大丈夫ですよ」

あまりにもあっけらかんと言われて、ぽかんとする。

「……何で、言い切れるの？」

「僕、こう見えて、かなり人見知りなんです。だけど、真子さんと一緒にいるの、楽しいから。何て言うか、和むんです。この僕と打ち解けてるんだから、誰だって心開きますよ。賭けてもいいです」

にこにこと無邪気に微笑む高木くんをしばらく呆然と見つめた後、私はふいと顔を背けて、乱暴に言う。

「もう！　ありがとっ！」

根拠が全くない、ただの戯言《ざれごと》。それなのに、すっかり心が軽くなってしまった。

私は自分への信頼はないけど、高木くんのことは信頼している。出会いは奇妙だったけれど、会って話をするにつれ信頼できる人間だと感じてしまった。彼がこう言い切ってくれるなら、「私」を信じてみてもいいかもしれない、そう思えるほどには。

「でも、手土産のこと、何持っていけばいいか、一緒に考えて。高木くんなら、最適な品がわかる気がする」

ぱちんと手を合わせて懇願すると、高木くんは呆れた顔になる。

「小学生女児の気持ちが、僕にわかるわけないじゃないですか。むしろ、わかったら問題です。妹もいないのに、女児の好みを熟知してる男子高校生ってやばいですよ」

まあ、そう言われたら、そうなのだけど……。

「でも、私よりわかるでしょ？　年近いし」

食い下がる私に、高木くんはぶんぶんと首を振る。

「いやいやいや……真子さんの方がわかりますって。僕は小一女児だったことないけど、真子さんはあるじゃないですか。あ、つまり、真子さんが欲しかったものを、あげたらいいんですよ」

「私が欲しかったもの？」

「はい、そうです」

小学一年生の自分。まだ香織とも出会っていなかった、あの時の私は友達もおらず、放課後はいつも一人で母を待っていた。孤独を紛らわしてくれたのは……。

「絵本、かな」

ぽつりと呟くと、高木くんがにこりと笑う。

「いいじゃないですか、絵本。てか、真子さんって、小さい頃から絵本が好きだったんですね」

「うん。まあ、大人になってから絵本好きになる方がレアケースでしょ？　誕生日に、母親からもらったのがきっかけだったんだ。大切な人からプレゼントされたってだけで特別だけど、内容がまた素敵でね」

自分のことを知ってもらえるのが嬉しいし、同時に、彼のことをもっと知りたいと思う。素直な気持ちでそう思って、はたと気づく。私は高木くんとわかり合いたいのだと。そのことが心を穏やかにしてくれる。

赤の他人だった私たちだけど、確かな縁を感じている。恋愛とも友情とも違うこの感じは、やはり姉弟、というのがしっくりくる。

「あの、真子さん、僕にも選んでくれません？」

「え？」

考え込んでいた私を現実に引き戻したのは、高木くんの意外な申し出だった。

「高木くん、絵本好きなの？」

尋ねると、高木くんは少しだけ考えるような素振りをしてから、にこりと笑う。

「好きというほど詳しくないですけど、好きになれる気がします。ていうか、好きになりたいです。だって、真子さんが好きなものだし」

「……高木くん」

ああ、やっぱり彼も、私を知りたいと思ってくれているのだ。

ふわっと胸が温かくなり、私は「もちろんだよ」と、呟いた。

「やった！　じゃあ、これ食べたら、今から本屋に行きません？　駅前の、大きいところ」

高木くんはにこりと笑うと、皿に残っていたドーナツをポイと口に放り込む。

「わかった、行こう」

元気に頷くと、私もドーナツを頬張った。

「まずは、これかなあ。有名どころで、不朽の名作。私も大好きな、おすすめの絵本。『おおきな木』！　タイトルにもなってる大きな木と一人の男の子のお話なんだけどね、無償の愛ってどういうものなのかなあ、って考えちゃうお話なんだ。詳しく言うと、読んだ時の感動が薄れちゃうかもしれないから……とにかく読んで。他にも、これこれ、『ビロードのうさぎ』。うさぎのおもちゃのお話が『本物』を知る話。あと、これも。『くまとやまねこ』。くまが仲良しの小鳥の死から立ち直るお話」

お気に入りの絵本をずらりと並べて、夢中でプレゼンする。高木くんが興味深そうに頷いてくれるものだから、嬉しくなって、次から次に言葉が溢れてしまう。

「他にもあるよ。『ぼくのキュートトナ』。キュートトナへ宛てた、男の子の手紙。大好きって気持ちが溢れてて、きゅんってしちゃうよ。『100万回生きたねこ』。これはもう、言わずもがなっていうか、不朽の名作だよね。『ずーっと ずっと だいすきだよ』。可愛くて、ほのぼのしちゃうお話。人を好きだっていう気持ちを思い出させてくれる、幸せな絵本。……ってごめん。語りすぎちゃった、ね」

ちらりと高木くんを見ると、彼はにこにこと笑顔でこちらを見つめている。

「いえ、どれも面白そうです。迷っちゃうなあ」

「んー、じゃあこれにしなよ、『おおきな木』。正解はわからないっていうか……人によって解釈はさまざまな本だと思うから、読んで、感想聞かせてほしい。プレゼントするよ」

「えっ」

一瞬、顔を顰《しか》めた高木くんに、私はしたり顔で言う。

「姉は弟に、おすすめをプレゼントする権利があるんです」

にっと笑いかけると、高木くんはつられたように笑みを零し、「そうですね」と呟いた。

「うん。弟らしく、私の好みを押し付けられてください」

出会ったばかりの頃だったら、決して受け取ってくれなかっただろう。あの頃の彼は、私を姉のようだ、話を聞いてほしいと言いながら、一切の介入を拒否していた。ドーナツ一つすらご馳走させてくれなかったし、意見を求めてくる割に、受け入れてはくれなかった。

だけど、今は違う。

「わかりました。ありがとうございます」

顔を合わせて笑い合う私たちを、通りすがりの親子が不思議そうに見つめていた。

その後、奈々未ちゃん用の絵本を選んで、手に取った後、何の気なしに新作コーナーを見た瞬間、

「あ」

頭が真っ白になった。

『しろうさちゃんのちょうせん』。

平置きされているその絵本は、私の愛するしろうさちゃんシリーズの新作だ。

表紙に描かれているのは、ミシンを使って可愛い花柄のワンピースを作っているしろうさぎ。温かみのあるタッチのそのイラストを見た瞬間、冷や汗が噴き出した。

「真子さん、どうしたんです？」

私の異変を感じ取ったのか、高木くんが心配そうに顔を覗き込む。

「だ、大丈夫だから。この本、担当してた作家さんの新作で……びっくりしただけ」

そう言い切って、足早にレジに向かう。

「そうなんだ。じゃあ、嬉しいですね」

「う、うん。そうだね」

ごくりと唾を飲み、どうにか呼吸を整える。

大好きなシリーズの最新作が発売された。

読者なら当然、手に取って歓喜するシチュエーションであるはずなのに、私の心に生まれたのは、顔も名前も知らない誰かに対する、醜い嫉妬心。

「……望月先生。私以外でも、良かったんだ」

思わず洩《も》れた呟きが、高木くんの耳に入っていないことだけが幸いだった。

「私の子どもがもし産まれていたら、あなたくらいの年だったわ」

望月先生が懐かしむようにそう言ったのは、彼女が酔っていたからだと思う。

＊

担当になって数か月が経った頃、ワインが美味しいと話題のレストランで食事をした後、先生を家まで送る途中、タクシーを見つけるため、路地裏から大通りまで歩いていた時のことだ。

「……あの、何と言っていいか」

千鳥足の先生を隣で支えながら、私は思ったことを正直に答えた。

先生は未婚で、家族はいないと聞いていた。それなのに、子ども。しかも、産まれていない、子どもだ。デリケートな問題すぎて、返す言葉が見つからない。

「別に、あなたは、何も言わなくていい。あなたを見てると、たまに思い出して……懐かしくて、話したくなるだけだから」

「わかりました」

先生と一緒に過ごす時間は少なくなかったが、彼女自身について聞いたことはほぼなかった。彼女は時折、思い出したように私のプライベートを聞いてくるが、自分のことは話さない。

だけど、ずっと気になっていたのだ。

あの優しい物語を紡ぐ、先生自身のことが。

少しだけ、歩みを遅くすると、先生は私を見て、小さく笑う。

「別に、単純な話よ。恋人との間に子どもができて、堕ろすかどうか迷ってるうちに、流産したの。産むかはわからなかったけど、お腹にいる間は、その子との未来を色々、想像したわ。私の子なら才能に溢れてるはずだから、描き方を教えてあげようだとか、そうしたら、いずれプロになれる、だとか。いつか、子どもを主人公にして物語を描いて、それを見せてあげよう、とかね。……絵本のことばかりなのが、仕事人間って感じで、笑っちゃうけど」

あっけらかんと言ってから、先生は小さく息を吐いた。

「仕事人間、なのよ、私。読者から、手紙をもらうの。よく書いてあるのがさ、こんな温かい家族が描けるなんて、望月さんの家族はすごく素晴らしいんでしょうねってこと。だけど、違う。私は温かい家族なんて持ってない。でも……だからこそ、描けるの」

「どういう、ことですか？」

意味がわからず尋ねると、先生は私の方は見ないまま、早口で言った。

「持ってないものって憧れるでしょ？　憧れてるものって、すごくきれいで、美しくて、完璧な気がするでしょ？　私が、温かい家族を描けるのは、自分には縁がないそれに、憧れてるから」

先生が、温かい家族に憧れている。

大御所絵本作家。才能豊かで、実績もある大人の女性。孤高の存在だった彼女が一気に身近に感じられて、何だか心がじんわり温かくなった。

「私もです」

小さく呟くと、先生は私の肩に腕を回し、ぐっと引き寄せた。

耳元に唇を近づけると、掠れた声で囁く。

「あなたがもし、私の子どもだったらって、たまに考える。だから、育てたいって思ったのかもね。自分の持っていることを教えて、成長させてやりたい。あなたをプロにしてやりたい。……自分勝手だけど、どうしてもやってみたいのよ。——だから、お願い」

消え入りそうな、弱々しい声だった。

ごくりと唾を飲み、

「頑張ります。成長、して……先生みたいな、プロになります」

途切れ途切れにそう口にすると、先生は今まで見たこともないような優しい顔で笑ってくれた。

私があぁまで一生懸命になっていたのは、先生から特別視されているという自信があったからだ。

私しかできない。そう思ったから、辛い辛いと思いながらも、必死に描き続けることができた。いい絵本を描かなければ。先生に認められなければ。約束を、守らなければ。疲れ切った頭と体を、その意識だけが支えていた。

康生から転勤の話を聞いた時、初めに思い浮かんだのは、新天地での暮らしのことでも、仕事のことでもなく、先生との約束のことだった。

絵本はどこにいても描ける。先生から認められれば、仕事は辞めたとしても、弟子として、彼女と繋がっていられる。そんなことを思いながら、気合を入れて描いた最後の一冊。

「これ、最後だと思って、描きました。これで無理なら、きっぱり諦めます。もう絵本は描きません」

心の九割は不安が占めていて、だけど、一割だけ、期待していた。

渾身の思いを込めた作品は、自分で言うのも何だが、今までで一番出来がよかったから。

だけど先生は、ページを開きもしないまま、絵本を捨てた。

「その程度だったのね」

それが、私の最後の作品に対する、先生の感想だった。

仕事を辞め、絵本を描くことをやめ、ズタズタだった私の心を支えたのは、私がいなくなったら、先生は絵本を描かないだろう、という、後ろ暗くて、だけど甘美な予想だった。

先生は私を「手に入らない家族の代わり」だと言った。

そして私にとっても、母の死後、一番辛い時に心を支えてくれた先生は、第二の母親とも呼べる存在になっていた。

私が約束を守れなかったせいで、関係は絶たれてしまったが、あの四年間は、確かに家族のように思ってもらったのだ。

先生は私がいたから、絵本を描いてくれた。

だからもう、彼女は絵本を描かない。

そう、思い込んでいた。

しかし、違った。

先生は新作を描いた。

きっと、思い上がっていたのだろう。

先生にとって、私は最初から、家族でも何でもなかったのだ。

＊

「気持ちいいねえ」

車の窓を開けると、心地いい風がびゅうと入ってくる。ぐしゃぐしゃになった髪の毛をかき分けながら、窓から顔を出して空を仰ぐと、雲一つない青い空が広がっていた。

「絶好のドライブ日和だな。俺たち、日ごろの行いがいいから」

週末の金曜日、企画していた小旅行のスタートだ。

康生の運転する車に乗るのは、随分久しぶりだ。少しだけ緊張して、隣にちらりと目をやると、康生はゆったりした姿勢でハンドルを握っている。

「運転、上手くなったね」

前にこうしてドライブをしたのは、学生時代だった。レンタカーを借りて、若葉マークをつけて、「わっ」とか「あっ」とかいう康生の焦ったような声を聞きながら。こうして穏やかな気持ちで助手席に座ることはなく、スリリングな運転にひやひやしたものだ。

穏やかな気持ちで、窓の外に広がった広大な山脈を眺める。山頂にかけて真っ直ぐ続いた広い一本道は、運転するのも楽しいようで、康生は鼻歌を歌っている。

「きれいな景色だ」

「ほっとするね」

「俺はともかく、真子は都会育ちじゃん。こんな田舎道でほっとするの？」

「うん」

答えると、康生が笑った。確かに、私の実家はまあまあな都会で、田んぼも川もない。高いビルと渋滞した道路、そしてその隙間から見える少し曇った空が、私の故郷の光景だ。

懐かしいと感じるのはおかしい気がして、私も笑う。

「もしかして、遺伝子レベルで組み込まれてるのかもな。緑あふれる風景を懐かしいって思う農耕民族の感情が」

「じゃあ、私の先祖は、絶対農耕民族だってことだ」

「確かに、狩猟民族って感じじゃないよなあ」

アハハと笑う康生を横目で眺めて、思わず頬が緩む。

今日の康生はよく笑う。くだらない話ばかりだから、きっとすぐに何を話したか忘れてしまうだろう。だけど、この笑顔はずっと残る。そう思える、気持ちのいい笑顔だ。

しばらくドライブを楽しんだ後、休憩にと道沿いの土産物屋に入る。コーヒーとお菓子を買って車に戻ると、康生は大きく背伸びして、体をほぐしているようだった。

気づけば、家を出てからもう二時間ほどが経っている。助手席で風景を眺めるだけの私にとっては短かったが、運転する康生にとってはさぞかし長い時間だったに違いない。

「疲れたでしょ？　変わろうか？」

私も一応、免許を持っている。ペーパーだけど、田舎道だから運転できる……と、思う。うん、できる、多分、おそらく。大丈夫。自分に言い聞かせながら、尋ねると、康生は首を振る。

「いや、いい。真子に運転任せる方が、肩凝りそうだし」

アハハと笑う康生に「もう」とむくれると、彼は肩を竦めて、したり顔で続けた。

「それに、デートだから」

デート。夫婦間で使うのは、照れ臭い響きだ。

まあ、私は確かにそう言って、彼を誘ったけど……。

「それ、関係ある？」

首を傾げると、康生は深く頷く。

「あるある。俺が運転して、真子が助手席、これがデート。男女逆じゃ、俺の中のデート感が薄らぐ」

「変な理屈」

意味を持たない行き当たりばったりの会話が心地よくて、自然と笑顔になった。そういえば、康生にこんなに話しかけたのは久しぶりだ。いつも康生の話を聞くばかりで、自分で話すことは日に日に、減っていたから。

「あ、あそこ、真子が行きたいって言ってたとこだろ？」

康生から言われて前を向くと、少し行ったところに見晴台が見えた。確かガイドブックで、絶景だと紹介されていた場所だ。康生と二人で見たいと思って、付箋を貼っていたのだった。

「行きたい！」

高木くんほど立派ではない、だけどお気に入りのミラーレスを手に取ると、康生は「じゃあ、停《と》まるな」と微笑んで、スピードを落とし、駐車場に入った。

「わあ、すごくきれい」

「日本じゃないみたいだな」

車から降りて、辺りを見回すと、思わずため息が出た。

突き抜けるような青い空と、一面に広がる緑色の草原。人工物が何もないのに、色彩はこれでもかというほど鮮やかだ。美しすぎる絵画のような風景の中で、草原をちょろちょろと動いている可愛い牛たちが、これが現実であることを教えてくれる。

いつの間にか近づいてきていた一匹の牛に、カメラを向けた。角は生えているけど、全然怖くないのは、草食動物らしいつぶらな瞳が穏やかに凪《な》いでいるからだ。顔だって、美人……ではないかもしれないが、愛嬌があって可愛いらしい。顔をぐっと近づけて、そう思った瞬間、ベロリと大きな舌を出されてぎょっとする。ちょっとだけグロテスクかも、と、そんなことを思いながらのけぞって、だけど、高木くんに「近づくことが大事」ともっともらしく言ったことを思い出して、湿った舌の生温かさすら感じそうな至近距離にどうにか踏みとどまる。そして、シャッターを押した。しばらくの間、夢中で撮影していたのだけど、近くで康生の声が聞こえてはっとする。

「写真、撮りましょうか？」

声を辿って視線を向ければ、康生が声を掛けているのは、大学生くらいのカップルだった。携帯を手に持ち、困り顔をしている二人は、自撮りがうまくいかないことに悩んでいたようだ。それを見かねた康生が救いの手を差し伸べた。そんなところだろう、と状況を推察した瞬間、「ありがとうございます！」とカップルが嬉しそうにお辞儀をするのが見えた。

「待って！　私が撮るよ！」

私は急いで彼らの元に駆け寄ると、「あのさ」と、康生の腕を引っ張った。康生は写真を撮るのが下手だ。本人もそれをわかっているのに、わざわざ手伝いを申し出るなんて、無謀というか、お人よしというか……苦笑いで見つめると、康生はすんなり「ああ、その方がいいね」と頷いた。その一連の流れ（と、私の持つミラーレスカメラ）で、私たちの関係性を察したのだろうカップルは、「よろしくお願いします」と、私に携帯を手渡す。

「じゃあ、ハイ、チーズ」

携帯の画面を微調整すると、画面をタップする。

カシャリと音が鳴って、楽しげな二人の姿が切り取られた。カップルの満面の笑みも、空の青と背景の緑も、二人の間からひょっこりと顔を出す茶目っ気たっぷりの牛もうまく撮れている。「どうぞ」と手渡すと、カップルは「すごいっ！」と、感嘆の声を上げた。

その後、二人は顔を見合わせて、何やら小声で相談した後、

「俺たち、へたくそなので申し訳ないですが……」

彼氏さんの方が、おずおずと手を差し出した。彼の意図がわからず、首を傾げると、康生が自分の携帯を手渡す。

「携帯でいいよね」

その康生の行動で、私はようやく状況を察することができた。

草原を背景に並んで笑顔を作りながら、康生は説明する。

「写真、撮るから、俺たちのも撮ってほしいって、頼んだんだ。せっかくだから、ツーショットの写真、ほしいじゃん。真子、自撮り嫌いだし、俺が自撮りしたら悲惨なことになるの、目に見えてるし、利用させてもらったの」

「康生が自分から写真撮るって言い出すなんて、変だと思った」

「まあ、向こうのカップルには申し訳ないと思ったけど……でも、どうしても、ほしかったから」

小声で呟かれた最後の一言に、康生もこの旅行を楽しんでいるのだということが伝わってきて、心がじんわり温かくなる。まるで恋人時代に戻ったかのようなくすぐったい時間は、私にとって素晴らしく愛おしく、だけど、康生にとっては、とんだ茶番なのかもしれないと思っていた。

私たちは今、「理想の夫婦」に向かって突き進んでいる。

それには恋のドキドキは必要なく、むしろ邪魔でしかないはずだ。私たちは父母として、落ち着いた二人であればいい。目指すものがあるはずなのに、恋人回帰を楽しんでいる私に、康生はうんざりしているのではないかと、不安だった。だけど、康生もこの時間を楽しんでいる。少なくとも、苦手分野に挑戦してまで、思い出を残したいと思うくらいには、大切に思ってくれている。それが、嬉しかった。

「はい、チーズ」

携帯を持った男性の顔は緊張で強張っていて、彼もまた、康生と同じで写真が苦手なのだろうと想像がついたけど、でも私は、この写真が最高にいい出来になるだろうと確信している。

私は今、この上なく幸せで、満面の笑みを湛《たた》えている。康生も、きっとそう。写真をうまく撮るコツは、被写体の最高の瞬間を引き出すこと。私たちの笑顔を引き出してくれた彼らは、今の私たちにとっては、最高の写真家なのだ。

「あのくらいだったよな。俺たちが付き合ったの」

カップルに撮ってもらった写真は、予想通り、素晴らしいワンショットだった。お礼を言って、車に戻った後、ドライブを続けていると、ふと康生が呟いた。

「うん、私たちにも、さっきのカップルみたいに初々しかった時があったんだよねえ」

あの頃は、康生と夫婦になるなんて、まだ思っていなかった。

そんな私の思考を読んだように、康生が言う。

「俺はさ、真子と会った時から、将来、この子と結婚するかもって思ってたよ」

「そ……そっか」

知ってはいたけど、改まって言われると、何だか照れくさい。笑って誤魔化す私をちらりと見てから、康生は続ける。

「だから、夫婦っぽい男女見ると、将来の自分たちに重ねたりして、勝手に盛り上がってた。あの子たちには、今の俺たち、恋人と夫婦、どっちに見えてたかな？」

二〇代後半、ただの恋人同士にも、夫婦にも、どちらにも取れるだろう。

正直、その二つに違いがあるのかはわからないけど、もしあるとすれば、それは雰囲気の差だと思う。恋人同士の幸せな、だけど不安定な雰囲気か、夫婦ならではのどっしりとした揺るぎようのない雰囲気か。

私はどちらでも構わないけど、康生は多分、夫婦として見られたいと思っているのだろう。

とすれば、やはり今の私は、ふわふわとした時間を楽しんでいる私は、うざったいだろうか？　旅行自体は楽しくても、私のことは……。

聞いてみようかと思って口を開いたけど、言葉にする瞬間、怖くなって、怖気《おじけ》づいてしまった。

「ねえ、康生」

不安になった心を落ち着けたくて、彼の名前を呼ぶ。

「何？」

「私のこと、好き？」

尋ねると、康生はにこりと微笑んだ。

その笑顔を見て、ほっとすると同時に、自分のずるさを噛みしめる。

「好きだよ」

康生は昔と変わらない。どんなにふざけていても、どんなに喧嘩していても、その一言を口に出す時は、改まった真面目な顔で、はっきりと言葉にしてくれる。

康生のそんなところが、昔も今も大好きだ。

山道を登り続け、迷ってしまいそうな細い道をしばらく走ると、予約していた旅館にたどり着いた。とろりとした湯ざわりの温泉と新鮮な素材の料理が評判らしく、香織がおすすめだと教えてくれたのだ。

夕食は、土地でとれた肉と野菜が盛りだくさんで、とてもおいしかった。久しぶりにお酒も飲んで、回らない口で馬鹿な話をして笑い合う。昔話に今の話、そして、近しい未来、子どもの話。康生が語るわが子の話に、胸が締めつけられた。

「明日、ごめんね」

苦しくなって、思わず話題を変える。

香織と会うのは明日の午前中。二時間ほど、旅館のチェックアウト前に抜け出して、香織の家に行くことになっている。

「ああ、いいよ。俺は温泉、堪能しとくから、香織ちゃんと楽しんで。久しぶりだろうし、遅くなっても構わないよ。他でもない香織ちゃん相手だし、俺のことは気にしないでいいから」

香織と康生は数回会ったことがあるだけの、さして親しくもない関係だ。香織と連絡が取れなくなったのは、康生と付き合ってほどなくのことで、だから康生は、香織のことを詳しく知らない。私が、香織が消えて落ち込んでいたことは知っているけど、彼女がいかに特別だったのかもわかっていないだろう。鳥ちゃんの方が仲が良いと思ってるくらいなのに、どうして「他でもない」なんて……。

うろんな瞳で康生を見ると、彼はアハハと笑って言う。

「香織ちゃん、俺と真子のキューピットじゃん」

「ああ、うん。そう言われれば、キューピットだね」

確かに、香織に誘われなければ、私はコンパに参加すらしていない。

「出会ってすらないだろうしね」

私が笑うと、康生はぶんぶんと首を振る。

「うーん、わかんないよ。お互い東京にいたんだし、大学生だし。街のどこかでバッタリと、とか、学祭で友達に紹介されたりとか」

酔いが回っているのだろうか、ふざけたように、だけど、熱っぽい瞳で語る康生の言葉を、私はきっぱりと否定する。

「ありえないよ」

断言できる。

香織がいなければ、私は康生と付き合うことはなかった。

康生の言うロマンチックな可能性は、全くのゼロパーセントだ。

香織がいなければ、私は大人しく引っ込み思案な性格のままだった。家から離れた都心の大学に通うはずなんてなく、友達だっていたかは怪しい。また、可愛い香織と一緒にいなかったら、容姿を磨こうとも思わず、康生から好かれることもなかっただろう。

香織がいなければ、私の人生は全く違ったものに変わっていた。

彼女は、私の人生の師なのだ。

「まあ、それはそうだけど……少しくらい乗ってくれても」

肩を竦める康生に「ごめん」と慌てて謝ると、「そんな真面目に謝られても」と、今度は苦笑されてしまった。

「とにかく、明日は楽しんで。久しぶりの再会だし、ゆっくりしてきなよ」

康生は優しく微笑んで、私の頭にそっと手を乗せた。その手のひらの温もりを感じながら、幸せだ、としみじみ思う。愛おしい人が隣にいてくれるというのは、何て幸せなことなのだろう。康生と結婚して、夫婦になれて、私は本当に幸せだ。

ふと、香織のことを思う。香織に子どもがいるのは確かだが、現在、パートナーがいるのかどうかはわからない。私にとっての康生のような、彼女が愛し、また、彼女を愛してくれる誰かが、傍にいてくれたらいい。苦しいほどの気持ちで、そう願った。


次の日の朝、旅館で康生と一緒に朝食を食べた後、事前に香織から送ってもらった住所を携帯のナビに入れて、彼女の家に向かった。旅館前からバスに乗って一〇分、そこから歩いて五分ほどで着くという彼女の言葉通り、宿から出てからきっちり一五分で、無事、目的地に到着したのだが……。

「ここで、合ってるよね？」

思わずそう呟いて、携帯の画面と、建物を見比べる。

目の前にあるのは、古めかしい木造アパートだ。実家は近辺で有名な豪邸、大学時代も、高級マンションに住んでいた香織が、こんな……良く言えばレトロ、しかし悪く言えば、ボロボロの建物に住んでいるなんて、とてもじゃないが思えない。

ナビには香織の送ってくれた住所をそのまま入れた。玄関口に掛かったプレートには、住所の通りの「コーポ浅井《あさい》」という名前が書いてある。だけど、それでも信じられない。信じたくない。呆然と立ち竦んでいると、

「あ、真子」

上から声がした。

「こっちだよっ。早く上がってきて！」

見上げると、二階の窓から身を乗り出した香織が、私に向かってぶんぶん手を振っている。

「……香織」

一瞬、全てを忘れた。

この建物のこととか、久しぶりの会話をどう始めたらいいかだとか、娘さんと会うことへの恐怖とか、ぐるぐると胸に渦巻いていたそれらが一気に心から消え去り、胸に温かいものが湧き上がった。

感動したのだ。

七年も会っていないというのに、香織は昔のまま、いや、昔以上に「しあわせうさぎ」だった。

相変わらずの真っ白な肌に、大きな丸い瞳、化粧をしている風ではないが、形のいい唇

はほんのり薄紅色だ。昔と違って、肩のラインで切り揃えられた髪の毛が、風に吹かれてふわふわと揺れている。

「今、行く」

喉から絞り出すようにそう言うと、鉄製の錆びた階段を一気に駆け上がった。

一番奥の部屋まで辿り着いた瞬間、木製のドアがギイと開く。

「いらっしゃい、真子。さ、入って入って」

顔を出した香織に言われて、「お邪魔します」と、中に入る。

香織に連れられ、廊下を歩きながら、思わず顔が綻んだ。

室内は、思ったよりずっときれいだった。新しくはないけれど、清潔だし、何より可愛らしい。棚の上には陶器の置物が、壁にはたくさんの写真が飾られて、それらが作る温かさが、とてもとても、香織らしかった。入る前に、真逆のことを思っていた自分を棚に上げて、素敵な部屋だと、しみじみと思う。

「散らかってて、ごめんね」

「いや、十分きれい。って、あっ——」

息を呑んだ。

通されたのは、一〇畳ほどの和室。

中央にはちゃぶ台と、格子模様の赤い座布団。

そして、そこには、一人の少女が座っていた。

「こんにちはっ！　奈々未ですっ！」

はっとするほど、可愛い女の子だった。

溌剌とした笑みで笑うその子は、幼い頃の香織とよく似ている。

容姿はもちろんだけど、その、陽だまりのような、温かで柔らかい雰囲気がそっくりだ。

「こんにちは。……奈々未、ちゃん。私は、立花真子です」

慌てて笑顔を作ると、彼女は嬉しそうに微笑み、思いついたように澄まし顔になる。

「奈々未は、もう七歳ですっ」

「七歳、か。えっと、すごいねえ」

口にした瞬間、何がすごいのか、と内心で突っ込んだ。

思ってもみない切り返しに動揺し、よくわからないコメントをしてしまった。情けなさすぎる。

だけど、そんな私に、奈々未ちゃんはキラキラと目を輝かせて言う。

「うん、すごいでしょ？」

あ、何か、喜んでくれてる。

ほっとしながら、私は深く頷いた。

「そうだね。すごい」

「うん。あのね、奈々未ね、七歳だから、何でもできるの。朝起きるのも、歯磨きも、着替えも、一人でできるのよ。この前はね、スーパーにお使いも行ったし、お隣の美也子《みやこ》おばあちゃんちにおすそ分けも持ってったよ」

奈々未ちゃんはえへんと胸を張ると、にっこりと微笑んだ。

その、生き生きとした表情を、私は呼吸を忘れて見つめていた。

「えーっ、スーパーでのお使いは、ちゃんとできたのかなあ？　お豆腐忘れて、お菓子たくさん買ってきちゃったの、誰だっけなあ？」

香織がおどけた声で口を挟むと、奈々未ちゃんは慌てたようにその口を押さえる。

「ママ！　内緒！　真子ちゃんに嫌われちゃうっ！」

ちらり、とこちらを窺う奈々未ちゃんの困り顔を見て、何か返さなければと思うのに、どうしても言葉が出てこない。

奈々未ちゃんはもう七歳。笑顔が可愛くて、上手にお喋りできて、何だって一人でできる。

目の前の素晴らしい女の子は、生きている。

前に会った時、奈々未ちゃんには、まだ名前がなかった。彼女は香織のお腹に潜む小さな命でしかなくて、私は当然のように、その存在を軽んじた。

香織の幸せのためには不必要で、邪魔なもの。

捨ててしまえばいいと、簡単に思ったのだ。

私は彼女の全てを壊そうとした。

ことの重大さを改めて理解して、罪悪感が心に突き刺さる。

口を開けば、謝罪の言葉がでてきそうで、でも、そんなこと言えるはずもなく、私は口を噤んだまま、彼女をじっと見つめるしかできない。

「……大丈夫？　悲しいの？　奈々未がおつかい間違ったから、嫌になった？」

ややあって、奈々未ちゃんが近寄ってきて、私の頬をそっと触った。

その手のひらの温かさを感じながら、私はようやく、自分が泣いていることに気づく。

「違う。違うよ！　私は、奈々未ちゃんのこと……大好きだよ」

大好き。

そう、私は彼女が好きだ。

まだ会って五分も経っていないのに、彼女が生きていてくれて本当に良かったと、そう思ってしまうほどに、どうしようもなく、可愛くて可愛くてたまらない。香織によく似たこの子を、心の底から大切だと思ってしまう。

じわりと湧き出た涙を拭いながら、にっこりと笑ってみるが、奈々未ちゃんは変わらず、心配そうにこちらを見つめている。

見つめ合うこと数秒、どう言い訳すればいいか、迷っていると、香織が助け舟を出してくれた。

「奈々未、奈々未、真子ちゃんが元気出るように、プレゼントあげたら？」

「そうだ！　持ってくるね。ちょっと、待ってて」

パッと弾けるような笑みを浮かべて、奈々未ちゃんがパタパタと駆け出した。

襖の向こうに走り去る彼女を見送った後、香織が茶目っ気たっぷりの瞳で、私を見る。

「奈々未、お転婆で驚いた？」

「可愛くて、びっくりした。香織そっくりだね」

しみじみ呟くと、香織はしたり顔で私を見る。

「でしょー？　奈々未は自慢の娘です」

にひひ、と笑う香織を見つめながら、「本当にそう思ってるよ」と口にする。

香織は一つ頷いた後、柔らかに笑って、しみじみと呟いた。

「今日、来てくれて、ありがとう」

「こちらこそ、ありがとう。私、酷いこと言ったのに……」

そこまで言ってから、私は香織に向かって、深々と頭を下げる。

「香織、本当にごめんね。奈々未ちゃんに会って、あの時のこと、すごく後悔した」

香織は一瞬、目を見張り、それから顔を綻ばせる。

「わかってくれたなら、昔のことはもういいよっ。そんなことより、仲直りしたいなあ。

――いい？」

差し出された右手をそっと握る。

「もちろんだよ」

呟くと、再び涙が滲んできて、私は慌てて目元を擦った。

「何か……二人を見てたら、子どもほしいって初めて思ったかも」

ぽろりと漏れたのは、紛れもない私の本音だった。

奈々未ちゃんは圧倒的な存在感で私を動かした。

康生から子どもを作ろうと言われるずっと前から、いつか子どもがほしいと思っていた。だけどそれは、思い描く理想の家庭に「子ども」という存在が必要だったからだ。

私が欲する「子ども」は単なる記号的存在で、生身の人間――本当の意味で、泣いたり笑ったり、触れ合って幸せな気持ちになったり、迷惑をかけられて、だけどそれでも愛おしく思ったりする、「我が子」がほしいと望んだことはなかった気がする。

「奈々未ちゃんは香織にそっくりだから、彼女みたいな子どもがほしいっていうのは無理かもしれないけど……私も、私が大切に思えるような子どもがほしい。香織と奈々未ちゃんみたいにお互いを思い合える親子になりたいなって思う」

この四か月、私にとっての子どもは、諦めの象徴だった。子どもができたら、もう何も変えられない。平穏すぎる日常が死ぬまで続く、その決定打。だから、逃げ続けていた。

だけど、奈々未ちゃんと、母親になった香織に会って、思う。

もし、私に子どもができたら、誰よりも愛おしい存在ができたら……他の全てを諦めても、いいと思えるくらいの幸せが訪れるのかもしれない。子どもは、平穏な、そして、つまらない日常の一環になるのではなく、日常を彩り、照らしてくれるのかもしれない。

二人がそう思わせてくれた。

だとしたら、私は——。

旅館に置いてあるトランクに、今も入っているピルケース。

酔い止めやら風邪薬やらの中にひっそりと忍び込ませた小さな錠剤を、康生の目を盗んで、昨日も飲んだ。

だけど、今日は、今日からは……飲むのをやめてみようか?

今回の旅行で、実感した。

私は康生を愛している。

これ以上、彼を裏切ることはできない。

そして今、初めて子どもがほしいと思えた。

恐怖を上回る幸せの可能性を、初めて見い出せたのだ。

子どもを産んで、康生と三人。私は幸せになれる。

幸せに、なれる。

思った瞬間、「いいの?」と、頭の片隅で声がした。

いつか聞こえない振りをした、ずっと聞こえない振りをしてきた、だけど忘れられない自分の声。弱々しいのに、耳に残って離れないその声に呆然としたその時、

「鳥ちゃんから聞いたけど、真子って、康生くんと結婚したんだよね?」

香織がにんまり笑ってそう聞いた。

「あ……う、うん。香織と行ったコンパで会った康生だよ。ビックリしたでしょ?」

「うん、ビックリ。始まりは確かにドラマチックだったけど、今もうまくいってる? 真子をちゃんと大事にしてくれてるの?」

からかうような口調だったけど、瞳は真剣で、本当に心配してくれていることが伝わってきた。

「うん、康生はいい夫だと思う。しっかり働いてくれるし、優しいし、私にはもったいないくらい」

そこまで言ってから、はっとして、ぎこちなく笑ってみる。

室内を見る限り、ここに住んでいるのは香織と奈々未ちゃんの二人だけ。やはり香織はあの彼とは結婚しなかったのだ。尻すぼみに言ってから、私はぎこちなく笑顔を作る。

人の持っていないものを誇示して、相手を憂鬱な気持ちにさせたくはない。

そんなことを思って、ちらりと隣を見ると、香織は穏やかな顔で微笑んでいた。

「良かった」

ほっとしたように呟く香織を見つめながら、思わず首を捻る。

身贔屓《みびいき》なところを差し引いても、康生は好青年だ。周囲の誰に紹介しても、「いい相手を見つけたね」と高評価だった彼の何に、香織は不安を感じていたのだろうか？

「あ、違うよ。康生くんを疑ってるわけじゃないんだよ？　むしろ彼のことは、当時からいい人そうだなって、真子とお似合いだなって思ってた。……そうじゃなくて、私が心配だったのは、真子のことなの」

「私？」

尋ねると、香織は深く頷いた。

「真子はさ、昔から、幸せになるのを躊躇ってるみたいだったから」

香織は気まずそうに、だけど私から目を逸らさずに言う。

「学生の時って、理想の未来を話したりするじゃん。こういう仕事したい、とか、こういう人と結婚したい、とか。子どもは何人で、どんな家に住んで、とか」

「ああ、うん。暇さえあれば、そういう話、してたね」

当時を思い出して懐かしい気持ちになって微笑むと、香織も応えるように笑顔で頷いた。

「うん。あの時の『理想』。自分だけに優しいイケメンお金持ちと大恋愛するだとか、マスコミに勤めて芸能人と友達になるだとか、今から思えばおとぎ話に近いくらいの果てしない夢だったけど、皆、もしかしたら叶うかもって思ってたし、叶えて幸せになってやるって意気込んでた。でも真子は、いい人と結婚して、子ども作って、家族に尽くして、それで幸せって、妙に現実的なこと話してて……」

四歳の時からずっと、私の夢はママうさぎだから。

思わず苦笑いすると、香織が不自然に声のトーンを上げた。

「その上、叶えていいのかなって、迷いがあった」

香織は「でしょ？」と尋ねるように、私の顔を覗き込む。

黙ったままの私を穏やかな顔で見つめると、さらに続ける。

「真子は、私が何を喋っても、『香織なら叶えられるよ』とか『幸せになれるよ』とか言うけど、私が同じことを言っても、困ったように笑って黙り込むんだよ。あれは……できるのかなって、不安に思ってるんじゃない。そうなっていいのかな、って迷ってたんだよね？」

「……よく、見てるね」

私がため息交じりに呟くと、香織はしたり顔で言う。

「親友だからね」

だった、ではなく、だから。

こんな時でも、そう言ってもらえたのが嬉しかった。

「理由はわからないけど、真子は、幸せになることに、不安があったんだよね？　だから、心配だったの。自ら幸せを遠ざけてないかって」

香織は一度、視線を伏せてから、改めて私を見ると、ゆっくりと口を開く。

「真子は幸せになるんだよ。誰がどう言おうと、私が断言する。真子は良いママになって、康生くんは良いパパになる。だから、大丈夫だよ」

事情を知っているわけでもないのに、何かを察したのだろうか？

香織は私を安心させるように、優しい笑みを向けた。

何よりも信じられる、しあわせうさぎの微笑みだ。

それだけで私が救われると、香織はきっと知っている。

「香織、ありがとう」

「どういたしまして」

少しの間、無言で見つめ合い、それから同時にくすりと笑った。

次の瞬間——。

「真子ちゃーんっ！　これ、プレゼントあげるー！」

「わっ！」

襖から出てきた奈々未ちゃんが、私に勢いよく抱きついてきた。

「あのね、これ。ちょっとだけママに手伝ってもらったけど、ほとんど、奈々未が一人で作ったんだよ」

　彼女から手渡されたのは、ピンクのリボンでラッピングされた、透明のビニール袋。中にはハートの形のクッキーが入っている。

「……ありがとう。食べて、いい？」

　クッキーには見おぼえがあった。

　かつて香織の家で振舞われた、香織のお母さん特製のクッキーだ。

　生まれて初めて食べた手作りおやつで、私にとっては、うさぎ一家の味だった。

「うん。食べて、食べて」

「ありがとう」

　リボンをほどいて、クッキーを一つ、口に入れる。

　口の中でほろりととろけたそれは、やはり懐かしい味だった。

「美味しい」

「ほんと？」

　嬉しそうに微笑んだ奈々未ちゃんの目を見て、もう一度「美味しいよ」と呟くと、彼女は「えへへ」と得意げに笑う。その表情が、まさに香織そっくりで、私の心に再び、温かいものが拡がる。

「そういえば、私からもお土産あるんだ。お菓子と……あと、絵本」

鞄から包みを取り出して、奈々未ちゃんに渡すと、彼女は「やったー!」と、はしゃいだ声を上げて、くるくると回った。

「ありがとう、真子ちゃん」

「真子、わざわざありがとう」

「どういたしまして」

喜んでくれてよかった。ほっとしながら、私は奈々未ちゃんに、「絵本、読んであげよっか」と、声を掛ける。「読んで!」言いながら、私の膝に飛び乗った奈々未ちゃんの頭を撫でると、香織が嬉しそうに笑った。


トランプにお絵かき、お菓子を食べながらのお喋り。楽しい時間は過ぎ去って、あっという間に帰る時間になった。奈々未ちゃんに「ママを借りちゃってごめんね」と声を掛けて、香織と共に家を出る。

思い出話に花を咲かせて歩いていると、すぐにバス停に着いてしまう。名残惜しいなあ、と思いながら、二人並んで時刻表を凝視していると、香織が私を見て、にっと笑った。

「バスが来るまであと十分、私の相談に乗ってくださーい!」

「も、もちろん。だけど、相談って、どんな?」

尋ねると、香織は照れたように笑う。

「好きな人がいるの」

予想外の言葉にごくりと唾を飲み、恐る恐る聞いてみる。

「……どんな、人？」

「えーっとね、すごく、明るい人なの。前向きで、一緒にいると元気が出る。二つ年上だけど、子どもっぽくて、でもそこが、可愛いなって。職場に来てる、営業さん。……奈々未のことも知ってる」

ぽつり、ぽつりと呟く香織の横顔は、恋する女の子の顔になっていた。私たちはもう、女の子、なんていう年齢ではないけれど、それでも、それ以外に言いようがないから仕方がない。

学生時代、香織は意中の相手ができると、一番に私に教えてくれた。当時のことを思い出し、懐かしい気持ちになりながら、相槌を打つ。

「まだ、数回、一緒にランチしただけだけど、好きだなあって思う。それで、結婚を前提に、付き合いたいって言われたの。だけど、私、迷ってるんだ。……真子は、どう思う？」

上目づかいでちらりと見つめられ、目が合った瞬間、私は強く言い切った。

「付き合ったら、いいじゃん」

私は昨日、香織にパートナーができるようにと願った。心から愛し、そして愛してくれる相手が、彼女の傍にいてくれたらいいと、強く思った。それがこんなにすぐ、叶うなんて。嬉しくて、思わず香織の手を取って、ぎゅうと握りしめた。

「いい人なら、結婚したらいいって思うよ。むしろ、好きな相手から好かれて、どうして迷うの？」

尋ねると、香織は一瞬、黙った後、躊躇いがちに口にする。

「それは、その……奈々未のことだよ。私に恋人ができて、再婚とかなったら、奈々未はどう思うかわかんないし。嫌なのか、それとも、嬉しいのか……だから、その、真子に」

消え入るような声で言われて、私は、彼女が私に尋ねる、本当の意味をようやく察することができた。父親がいない子どもだった経験者として、奈々未ちゃんの気持ちを教えてほしいと頼まれていたのだ。

どんな立場で答えるとしても、伝える言葉は変わらない。

「付き合ったらいいと思うよ」

奈々未ちゃんの状況を、幼い頃の自分に重ねて考える。

大好きな母親が、好きな人と幸せになろうとしている。それに反対する理由は、見つからない。むしろ、私はそれをずっとずっと、願っていた。

「本当に、そう思う？　よく知らない男の人が、家族の一員になりたいって言うんだよ。嫌じゃないかなあ？」

縋るように言う香織に、私は優しく笑いかける。

先ほど、香織が私にそうしてくれたように。安心して、と笑顔で伝えるのだ。

「そりゃあ、寂しい気持ちにならないって言ったら、嘘になるかもしれないけど……もし私なら、お母さんには、自分のために、幸せになるチャンスを諦めてほしくないな」

「そ、そう……かな？」

それでも不安げな香織の背中を押したくて、私は明るい声で言う。

「うん。それに、父親ができるっていうのは、奈々未ちゃんにとっても良いことだよ。母親しかいないなんて、『かわいそう』だもん。私もそうだったから、わかる」

香織は目を見張り、何かを言おうと口を開きかけたが、……私の方が早かった。

「香織も言ったでしょ？　私のこと、かわいそうだって。香織の決断は、奈々未ちゃんをかわいそうじゃなく、してあげられるんだよ」

沈黙が落ちる。

心は決まった？

そう尋ねようとした瞬間。

——キキーッ。

音がして、目の前に、バスが到着した。

「……あ、行かなきゃ」

呟くと、香織ははっとしたように私を見る。

「あの、香織。今日はありがとう」

鞄から財布を取り出しながら、私が慌ててそう口にすると、香織は柔らかく笑いながら、首を振る。

「ありがとうを言うのは、こっち。真子……またね」

「——うん。またね」

バスに乗ると、窓際の席に座った。バスは徐々にスピードを上げて、バス停はもう豆粒ほどの大きさだ。それでも香織はまだそこに立ち、私を見送ってくれている。

「また、ね」

やがてバスが交差点を右に曲がり、香織の姿が視界から消えた瞬間、口の中で小さく呟いた。

さよなら、じゃない。

またね。

その言葉だけで、未来が明るく輝く気がした。

五　手紙

「康生、ごめんね。遅くなっちゃった。暇だったでしょ？」

宿に着いたのは、予定より一時間ほど遅い時間だった。

連絡は入れていたし、チェックアウトにはまだ時間があったけど、それでも、夫を一人きりで放っておいたことには変わりない。だけど、康生はきっと、許してくれる。そう思っていたのだが……。

「ああ」

康生は言葉少なにそう言うと、ふいと私から顔を背けた。

いつも、どんな時でも優しい康生。私が絶対に悪い喧嘩でも、私を責めなかった。

その康生が、今、怒っている。

「本当に、ごめんなさい」

遅刻したのは私の甘えだった。遅れるとわかっていて、香織の家に長居しすぎたのだ。

香織との再会も大事だけど、久々のデートも同じくらい大切で、だけどそれを蔑《ないがし》ろにしたのは私だ。

「……怒ってる？」

そう呟くと、康生は、「ああ」とそれだけ言って、黙り込んでしまった。

それから、荷物をまとめ、宿を出て、車に乗ってからも、彼は終始無言。どんな言葉をかけても、機嫌がよくなる様子は一向にない。こんなことは初めてで、どうしたら良いかわからなくて、愚かだとわかりつつも、聞いてしまった。

「康生、どうして、許してくれないの？」

これじゃあ、逆切れだ、と自嘲気味に思う。

夜の田舎道は驚くほど真っ暗で、ただ真っ直ぐ前を向いて、運転している康生が、どんな表情をしているかはわからない。

「許せるわけないだろ」

だけど康生は、ぼそりとそう呟いた。ぞっとするような、冷えた声。暴走しそうな怒りを無理やり抑えたみたいな、淡々とした声だった。

彼は、私の顔を少しも見なかった。

次の日も、その次の日も、康生とは気まずい関係が続いていた。康生は深夜に帰宅し、私が用意した夕飯を無言で食べる。会話は必要最低限、お風呂に入って、その後はすぐに就寝する。

いつだって優しかった康生が、こんなにも怒るなんて。

彼の今までにない怒りに未だショックは受けているものの、さすがに彼を怒らせた三日前よりは、冷静になってきた。そして、その冷静な頭で改めて状況を判断するに、康生が怒っているのは、私の帰りが遅くなったことではない。

康生は面倒な一面はあるものの、わかりやすい人だ。馬鹿にしているわけではなく……つまり、彼は正直なのだ。聞いたことには誤魔化すことなく答えてくれるし、嘘をつくことはない。

久しぶりの再会だし、ゆっくりしてきなよ。その言葉も嘘ではなかったはずで、だとしたら、怒る理由は他にあるはずだ。彼の機嫌が悪くなったのは、私が外出中で、私のいない間に何か起こり得るとしたら……。

「もしかして」

一つだけ、心当たりがあった。

宿から出る前、荷物をまとめた時に、私のボストンバッグのジッパーが半開きになっていたのだ。朝、化粧道具を取り出した後にはきちんと閉めたはずなのに、どうしてだろう、と少しだけ気になった。

違和感を覚えたのに、あえて深く考えなかったのは、気まずい空気のせいでそんな余裕がなかったからというのもあったけれど、一番の理由は、怖かったからだ。

もし、康生が私の鞄を開けたとして、その中に入っているもので、彼を怒らせる可能性があるものは一つしかいない。——ピルだ。

ピルを入れていたのは、常備薬を入れている薬ポーチ。昔から出かける時にはいつも持ち歩いているから、康生もその存在は知っている。例えば彼がそれを開けたとして、ピルは念のため、シートから出して、錠剤だけをケースに入れているから、ぱっと見には何の薬かわからないと思う。他の薬に紛れて、その存在すら気づかれない可能性も高いだろう。

だけど、もし……もし、気づかれたなら、康生が怒るのも無理はない。

最悪だ。

思わず項垂れた。

だって私は、もうピルを飲んではいないのに。

奈々未ちゃんに会ってから、すっぱりやめたのに。

気づかれる前に、やめることができたとほっとしていたのに。

だけど、悪いのは私。

それは揺るぎようのない事実だ。

ゆっくりと顔を上げ、心を決める。

今日、康生に、全て話そう。

許してはもらえないかもしれない。もしかしたら、離婚を言い渡されるかもしれない。だけど、それでも仕方のないことをした。康生の一番の願いを裏切り、傷つけた。正直に話すことが、せめてもの誠意だ。

だけど、理由を聞かれたら？

なぜ子どもが欲しくなかったのかと、そう聞かれたらどうする。正直に話すべきだろうか。鈍りそうになる心を無理やり納得させて、携帯を開く。

「話さなくてはいけないことがあります。聞いてください」

送信ボタンを押す手が少しだけ震えた。

「了解」

一〇分後、送られてきたメールには、その一言だけ書かれていた。

ガチャリ、玄関で音がしたのは、夜の七時で、まだ空には明るさが残っていた。普段の帰宅より随分早い。きっと、康生も覚悟している。

「……おかえり」

声を掛けるが、それに対する返事はなく、康生はネクタイを緩めたかしこまった格好のまま、すとんとソファーに座った。

「どうぞ」

向けられたのは感情が入らない声だ。

「――っ。ごめんなさい」

私はひざまずいて、床に頭をつける。いわゆる土下座だ。

許されるとは思っていないが、せめてもの償いだった。

床に滴が落ちたのを見て、自分が泣いていることを知る。

深く息を吸ってから、吐息と共に吐き出した。

「私、ピルを飲んでた」

一呼吸置いた後、康生が「知ってる」と小さく呟いた。

「サプリもらおうと思って、ポーチを開けさせてもらった。一応、隠してるつもりだったみたいだけど、すぐにわかった。薬屋なめんな」

ぼそぼそと低い声で言われて、何と返せばいいか少し迷ったけど、結局「ごめんなさい」と、それしか言うべきことが見つからなかった。

「引っ越してきてすぐの四か月前、婦人科行ってもらったの。私、子どもを作るふりをして、作りたいと話す康生に同意するふりをして、ずっと裏切ってきたの。本当に、本当に……ごめんなさい」

康生は何も言わない。

「理由は、自分でもよくわからない。――だけど、多分、色々なことが怖かった。子どもができて、このままの生活が変わることが怖かったし、今までの康生との関係が変わるのも怖かった。康生のことは好きなのは間違いないの。でも、どうしても、こんな気持ちで、おびえながら子どもを作る気になれなかった。でも、私はそれさえ言わずに康生に嘘をついて、裏切ってた。本当にごめんなさい」

沈黙が落ちた。

康生の顔を見るのが怖くて、頭を上げられなかった。

「頭、あげて」

康生の声は震えていた。

はっとして顔を上げると、康生も泣いていた。

しばらく見つめ合った後、彼はふう、と息を吐き、それから言う。

「浮気、してるんだろ？」

思わず固まってしまったのは、予想もしない言葉だったからだ。

「真子の性格知ってるし、気の迷いだとか、遊びだとかは思えない。そいつのこと好きなんじゃないの？　だから、俺との子どもが欲しくなかったんじゃないの？」

康生は淡々と言った。

静けさの中に、怒りと悲しみが入り混じった声。

今まで聞いたことのない声だ。

「違う。浮気なんてしてない」

「俺だって、してないと思いたいよ」

「本当に、してない」

していないが、もし疑われる可能性があるとすれば……。

口を開こうとした瞬間、康生が吐き捨てるように言う。

「言い訳はいいから。同僚が見てるんだ」

くしゃりと前髪をかき上げると、彼はじっと私を見つめた。

「先々週、公園で会ってただろ？　同僚から聞いた。少し年は下に見えたって。……俺だって、鞄の中の薬見るまでは、全然信じてなかったよ。真子が浮気なんてするわけない。見間違えだって、笑ってた」

高木くんだ。

写真を撮っているところを見たのだ。一〇歳も年下の弟のような男の子と一緒にいるところを、周りからどう見られるかなんて気にしたことはなかった。

だけど、私服姿の高木くんを見て、大人びてると思った。そう思うのは私だけじゃなかったのかもしれない。

ははは、と乾いた声で笑ってから、康生は強い口調で捲《まく》し立てた。

「だけど、もう疑うしかない。他に男がいて、そのせいで避妊してたって思うしかないだろう？」

「違う！」

間髪を容れずに否定すると、康生はたじろいだように視線をさまよわせる。

一呼吸置いて、私はゆっくりと告げる。

「康生、本当にごめんなさい。だけど、本当に……浮気じゃないの」

全部私が悪い。話さなかった私が。

高木くんと初めて会った時に思った。

高校生とお茶したなんて話したら、康生はきっと笑うだろうって。真子もまだまだいけるね、なんて冗談は言っても、浮気だなんて思わないだろう。軽口ですんだはずのあの時、自分から言うべきだったのだ。

「その子は高木くんっていうの。まだ高校生。一か月半くらい前、受験勉強の気晴らしに、話し相手になってほしいって頼まれて。……ピルを飲んでることとは、全く関係がないの」

我ながら、荒唐無稽な話だと思う。

だけど、これが事実なのだ。

信じてほしい、じっと康生を見つめると、彼は少しの沈黙の後、呆れ顔で呟いた。

「どんな奴だよ。見ず知らずの主婦にそんなこと頼むって。しかも、それに毎回付き合う真子の気もしれない」

どうやら信じてはくれたらしい。

ひとまず胸を撫でおろし、私は詳しく説明する。

「私も初めは変だと思ったけど……話してみたら、びっくりするくらい普通の子だったんだ。すごく可愛いと思った。私服だったから少し年下程度に見えたのかもしれないけど、本当は一〇歳も離れてる。少なくとも、康生や同僚の人が思ってるような関係じゃないよ。高木くんのこと、私は弟みたいに思ってる。高木くんもそうじゃないかな」

そこに愛情がないとは言わない。

だけど、恋愛感情は一ミリも存在しない。

「家庭環境が似てたの。高木くん、肉親が一人しかいなくて、その一人も入院中なんだって。もうすぐ一人になってしまうかもしれないっていうのに、それを相談する人すらいないの。少し、私に似てるの。……他人事だなんて、思えなかった」

言い訳にしか聞こえないかもしれない。

だけど、全てを康生に聞いてほしかった。

「私、高木くんと話すのが楽しかった。引っ越してから、康生以外と話してない。康生が朝駆けして、接待して帰る時は、一日中、誰とも話さない。ずっと家にいて、家事だけしてる。誰とも触れ合わずに、家に閉じこもって、平穏に暮らしてる。——それが幸せなことってわかってはいたの。だけど、それだけじゃ足りなかったのかもしれない」

棚にしまってあったカメラを取り出して、康生に見せる。

先々週、高木くんと撮った写真だ。

「先々週、公園に行ったのは、写真の練習をするためだよ。高木くん、写真が趣味らしいんだけど、すごく下手なの。私、写真は得意でしょ？　だから一緒に撮ってアドバイスしたり……とにかく見てくれたらわかると思う」

写真に写る感情そのままの高木くんは、年相応、もしくはそれ以上に幼く見えた。私との間に男女の空気がないことは伝わるはずだ。

「私が全部悪い。薬飲んでたことも、高木くんのこと話してなかったことも。康生が許してくれなくても仕方がないとは思ってる。……だけど、浮気はしてない。康生のことは愛してるの。それだけは、わかってくれる？」

康生が好きだ。

今も昔も、変わらずに。

もし愛想をつかされたとしても、それだけは信じてほしかった。

「――わかった」

康生はそう言って一息つくと、私を見る。

「許せないことはたくさんあるけど……それでも真子が好きだ。だから、これからも一緒にいるために二つだけ了承してほしいことがある」

深く頷く。

「まず薬、やめてくれない？」

康生の瞳は不安げに揺れている。夜の泉のようなその瞳の中を見つめながら、私は夢中で頷いた。

「もうやめてるの。香織たちと会って……不安が、少しだけ、減ったから」

「そっか。少しだけ、ね」

康生は寂しげな笑みを浮かべてそう言うと、小さく息を吐いて、続けた。

「あとは彼、高木くんだっけ？　連絡はもう取らないで」

少しの沈黙の後、私は「わかった」と一言、口にした。

天秤にかけるまでもない。

これからも康生と一緒にいられるなら、私はどんな条件だって受け入れる。

ただ、少しだけ、ほんの少しだけ、高木くんのことが頭をよぎった。

「高木くんとは、もともと連絡先の交換はしてないの。毎週水曜日の午後会う約束をしてる。ドタキャンすれば、それで終わりだから」

高木くんは傷つくかもしれない。

だけど、仕方がない。

そんなの比じゃないくらいに、既に康生を傷つけている。

「水曜か……じゃあ、明日を最後にして。理由を話して、お別れしてきて。別にもう浮気と疑ってはいないけど、けじめとして、そうして」

相手が誰であれ、約束を反故《ほご》にすることが躊躇われるのだろう。生真面目な康生らしい。

「わかった。きちんと話してくる」

深く頷くと、康生は久しぶりに、微笑んでくれた。

ピルのことも、高木くんのことも、ちゃんと話せた。

少しぎこちない笑顔は、仲直りの証。

この笑顔を失いたくない。

そのためなら、私は何でもできる。


水曜日の夕方、六時、スーパーの隣の、さびれたドーナツチェーン店。

テーブルの上には大量のドーナツ。

口約束を破ったらそこで終わりの、薄っぺらな関係だった。

もともと、他人だからこそ得られる気安さを求めた関係だ。自分を偽ったり、嘘をついても許されるはずなのに、不思議と本音しか話さなかった。考えると妙におかしい。一番遠い他人のはずが、一番本音で話せるなんて。

一人で小さく笑った瞬間、声を掛けられた。

「真子さん」

はっとして振り返ると、高木くんがにこにこと笑いながら、駆け寄ってくる。

「今日、早いですね。僕、早めに出たから先に着くかと思ったのに」

高木君は笑いながらそう言うと、買ってきたコーラに口をつけた。いつもと同じ、ストローは使わずに、グラスに直接口をつける豪快な飲み方だ。

高木くんの、らしい、姿を目に焼き付けておきたくて、じっと見つめると、彼は不思議そうに首を傾げた。その可愛らしい仕草に思わず笑顔になって、すぐさま消えてしまいそうになるその笑顔を張り付けたまま、口にする。

「今日はお別れを言いにきたの」

まるで恋人との別離だ。

はは、と自嘲気味に笑ってみるけど、その声はどこまでも弱々しい。

少し前まで他人だった高木くんは、今はもう、単なる他人ではない。

彼女のこと、両親のこと、将来の夢、大好きだけど下手くそなカメラのこと。

高木くんと話した軽口が思い出されて、思わず涙が出そうになった。

「何言ってるんですか、真子さん。僕たちそういう関係？」

不穏な雰囲気を崩そうとしたのだろう。高木くんがおどけてみせる。

「姉弟みたいって思ってたよ。弟がいたら、こんなに可愛いのかと思った」

「僕も、真子さんのこと、姉のように思ってますよ」

仕方がないのだ。

私にとって一番大切なのは、間違いなく康生で、そこをはき違えるほど、私は愚かではない。

死んでしまった母、姿を消した香織。

突然去った人を思う悲しさを私は知っている。高木くんと、そんな風には別れたくない。お別れの機会をくれた康生に、改めて感謝する。

「うん。ありがとう。本当に……本当に、ありがとう」

高木くんのおかげで、好きなことに夢中になる楽しさを思い出すことができた。康生に甘えることができた。香織と、そして、奈々未ちゃんと会う覚悟が持てた。

心から、感謝している。

私はあなたに、きちんとお礼を言いたかった。

その上で、きちんと別れを告げたい。

「もう、高木くんには会えない。……夫がね、高木くんのこと知って、浮気だと疑っているの。馬鹿だよね。全く違うのに。だけど、彼が嫌がることを続けることはできない。どんなことでも」

康生の誤解はおそらく解けている。

だけど、こう言わないと、けじめがつけられない。

「いやいやいや」

高木くんは焦ったように呟くと、ひょいと両手を上げて、にこりと笑った。

「僕が旦那さんに会って、説明したら良いじゃないですか。僕のこと見たら、すぐに違うってわかります。だって僕、子どもだし」

陽気な笑顔の裏には、焦りが見て取れる。高木くんにとって、私も少しは大切な存在になれたのかもしれない。そう思うと、少しだけ嬉しくて、それ以上に寂しくなる。

「だめなの。康生も、私が浮気してるって、本気で思ってはいないと思う。だけど、私は、彼にちゃんと見せたいの。彼のためならどんなものでも振り切れるって」

康生は、私のたった一人の家族だ。

母は死んだ。

母の代わりだと思っていた先生は、私を見限ってしまった。

高木くんは、弟のようだけど、弟じゃない。

大事なのは、たった一人。

私に残った唯一の家族、私は康生を、何よりも大事にしたい。

高木くんをじっと見つめて、決意を伝えると、彼の顔から笑顔が消えていく。

「……本当に、もう会ってくれないんですか？」

彼の声が震えているのに気づいて、胸が苦しくなった。

彼もまた、一人ぼっちの男の子だ。

感情が揺れる時、無意識に笑顔でごまかしてしまうのは、心から相手を信頼できないから。一人ぼっちに慣れてしまい、誰かが傍にいることに嬉しさを感じつつも、違和感を覚えるから。それなのに、その誰かを失いたくなくて、どんな時でも笑ってしまうのだ。

友達に本音も話せず、彼女を引き留めることもできない。たった一人の肉親を亡くしかけている、私と似た男の子。

「うん。ごめんね」

深く頭を下げると、高木くんを真っ直ぐに見つめる。

「私、ずっと弟がほしかった。だから、高木くんと姉弟ごっこができて本当に楽しかったよ。――ありがとう」

精一杯の微笑みを向けてはみるが、高木くんは少しも笑ってはくれなかった。

彼はただただ真剣な眼差しで、射貫《いぬ》くように私を見つめている。

「真子さん」

紡がれたのは、悲しげな、でも、妙に落ち着いた声だ。

「真子さんの気持ちがわかったから、今から本当のことを話します。……厚かましいと思うけど、最後にお願いがあるんです」

「わかった。できることなら何でも聞くよ。言ってみて」

随分ともったいぶった言い方だ。いつもストレートな物言いをする高木くんにしては珍しい。不思議に思いながらも、こくりと頷くと、高木くんは私の目を見据えて、はっきりと言った。

「実は、真子さんに話しかけた本当の理由は、話し相手が欲しかったからじゃないんです」

「……え？」

予想外すぎて、呆《ほう》けた声が出る。

「もちろん、友達には何も話せなくて、受験でストレスたまってて、彼女にも振られて、父親も入院してる。それは嘘じゃありません。だけど一番の理由は別にあります。――真子さんのこと、確かめたかったからなんです」

話が全く見えない。

私と高木くんに、接点なんて何もないはずだ。

「どういうこと？」

彼の瞳には、引きつった顔の私が映っている。

「真子さんのお父さんって、どうしていますか？」

突拍子もない質問だ。

私がした質問の答えに全くなっていない。

「知らない。一回も会ったことがないの。母と私を捨てて逃げた人よ。もしかしたら、もう死んでるかもね」

今更、父親のことなんて……父親は、私にとって他人以上に、他人だった。

「死んでいません。死にかけてはいますが」

高木くんは、そう言ったあと、小さな声で「多分」と付け加えた。

「どういうこと？」

もう一度、ゆっくりと言った。

頭の中で高木くんの言葉がぐらぐらと揺れる。

「初めから、話します。長くなりますが、聞いてください」

母からも、ほとんど聞かなかった父親の話。

全くの他人が知る由もないとわかってはいるのに、この場を立ち去る気にはなれない。

「初めに、少しだけ僕の話をさせてください。状況を理解してもらうのに、必要だと思うから」

高木くんは、断りを入れた後、淡々と話し始めた。

「僕は、父とは血が繫がっていません。唯一の家族だった母が死んだのが七歳の時、その後、施設に引き取られるはずだった僕を、母の知り合いだった父が引き取ってくれたんです。勘違いされるかもしれませんが、父と、僕の母は恋人関係ではありませんでした。母が残した日記からはっきりとわかるんですが……ただの知人、というか、母は父のファンだったみたいです。つまり父は、赤の他人の僕を引き取って、ここまで育ててくれた。僕は父に、感謝しています」

高木くんが父親を愛していることは、これまでの言動から十分わかっていた。

だけど、それがどういうことなのか、全く話が見えてこない。

「父は、自分のことをあまり話さない人でした。だけど、入院してから、僕は父の過去を思わぬ形で知ることになりました。……父は長い入院生活で少しずつ症状が進んでしまって、今では僕のこともわかりません。だけど、昔、僕を引き取る前のことは未だに、はっきり覚えてるみたいで、当時のことばかりを話すんです」

そこまで言ってから、高木くんはふと、視線を落とした。

そして数秒、何かを考えるように黙り込んだ後、意を決したように顔を上げ、ゆっくり告げる。

「それは、真子さんのお母さん、雅美《まさみ》さんと一緒に暮らしていた時のことです」

母さんと、一緒に、暮らす？

意味するところは一つなのに、どうしても理解ができない。

いや、理解したくなかったのだ。

高木くんの愛する父親が、私が憎んでいる父親と、同一人物なんて。

「交際し、同棲を始め、真子さん、あなたを妊娠して雅美さんが出ていくまで、父はそれが現在であるかのように話します。恋人とのささやかな日常を幸せそうに語る時もあれば、雅美さんが出て行って絶望しかないと、相談される時もある」

高木くんはそこで言葉を止めると、声のトーンをぐっと下げる。

「父は、雅美さんの写真を一枚だけ残していました。その写真を、表面が削れるまで何度も撫でながら、毎日、雅美さんを思っています。ベッドの上、気の抜けた表情で無邪気に笑う写真、――真子さんが持っていたのと同じものです。あの写真は父が撮ったんです。僕は、父を雅美さんに合わせてあげたいと思いました。それが、父にできる最後の恩返しだから」

耳を塞ぎたかった。

今まで意識して考えないようにしてきた父の存在が、どんどんリアルになっていく。

「スーパーで真子さんを見つけたのは、偶然でした。レジですれ違った時に、顔に見覚えがあるような気がして、後をつけてしまったんです。しばらくわからなくて、でも、気になって考え続けていたら、夜眠る前になってようやく気づきました。真子さんは父が大切にしている写真の女性にそっくりだって。年齢が合わないと思ったけど、偶然で片付けるにはあまりにも似ていたし、それにもし、他人の空似だったとしても、ここまで似ているのならば、父を騙せると思いました。協力してもらって、父を喜ばせたい。そう考えました」

高木くんの口調はスムーズだった。言葉に詰まることも、つかえることすらなく、よく知った絵本を読み聞かせするみたいに滑らかだった。

きっと高木くんは、何度も何度も、考えたのに違いない。

父について、どう言えば私に伝わるか。

「父親の話から推測できたのは、現在、母親の年齢は五四歳。娘の年齢は二八歳だということ。それから、雅美さんがどんな女性だったか、ということ。僕は……初めから、真子さんは雅美さんの娘ではないかと疑っていました。他人の空似でも構わなかったけど、できることなら父を実の娘に会わせてあげたかった」

今までの高木くんとのやり取りが、一気に思い出される。

私の年齢をぴたりと当てたこと。母のことをやたらと聞きたがること。そして、彼女の死に、えらくショックを受けていたこと。

「あの写真を見て、真子さんが父の娘だと確信しました。——真子さん、父に会ってやってくれませんか？」

高木くんの言葉が、頭の中でくるくると回る。

父がどんな人なのか、なぜいなくなったのか、今どうしているのか。

今までずっと、目を逸らしてきた。

一生、知ることはないと思っていた。

それなのに、突然答えが降ってきた。

予想もしなかった形で。

「……何で、今なの？」

父に対する思いは、自分でもわからない。血は繋がっていても、会話すら交えたことのない人。母と私を捨てた、他人以上の他人だと思っていた。

だけど、目の前にいる高木くんは違う。

楽しい時間を共有して、くだらない話で盛り上がって、恥ずかしいくらいの人生感を語りあった。他人だけど、まるで家族のようだと、そう思っていた。

冗談半分で交える「姉弟」というフレーズが、本当に嬉しかったのだ。

その高木くんの目的は、私を利用するためだった。

私が憎む父親に私を会わせるため、彼は私と過ごしていたのだ。

「真子さんが言ったからです。もう会えないって」

きっぱりと、高木くんが言う。

彼は出会った時と変わらず、爽やかで愛らしい男の子だ。

初め、私はこの少年を、宗教の勧誘ではないかと勘違いした。でも、宗教の勧誘の方がまだマシだった。こんなに親しくなってから、裏切られるよりはずっと。

今までの時間は、心地よい時間ではなく、単なる布石《ふせき》。

高木くんにとって、目的までの通過点に過ぎなかったのだ。

「もっと前……仲良くなる前に、言ってほしかった。高木くんのこと、弟みたいって思うようになる前に」

そうしたら、ここまで傷つかずにすんだ。

「私、行かない。父は、私にとって憎むべき人なの」

立ち上がって、鞄を手に取る。

中には、最後に高木くんに渡すつもりだった一緒に撮影した写真が入っていた。

高木くんの顔は見ない。

悲しんでいたら切ないし、怒っていたら悔しいから。

「来週のこの時間、ヨコタ病院の前で待ってます」

自動ドアを抜ける瞬間、高木くんの大きな声が聞こえた。

「――康生、会いたい」

気がつくと、康生に電話をしていた。

どうしようもなく、康生に会いたかった。抱きしめて、「大丈夫」だと言ってほしかった。

「どうしたの？　何かあった？」

呼び出し音が五回続いた後、焦った康生の声が聞こえた。

少しざらついた聞き取りにくい音に、彼は今運転中で、イヤホン越しに話しているのだとわかる。

「会いたい。お願い」

焦らせてはいけない。困らせてはいけない。

わかっているのに、止められない。どんどんわがままが、溢れ出る。

「わかった。すぐ帰るから、とりあえず落ち着いて。今車に乗ってるし、三〇分で帰る」

康生の声は優しい。

理由も言わず、わがままを言う私に、康生を裏切り、嘘をついていた私に、彼はこんなにも優しい。

父親なんていらない。弟なんていらない。

康生がいたら、それで良い。

そう自分に言い聞かせながら、祈るような気持ちで康生の帰りを待った。

「真子」

康生が息を切らして戻ってきたのは、電話してから一五分後のことだった。

「康生、早い」

「心配で飛ばしてきた。法定速度の二倍。捕まったら一発免停」

康生は困ったように笑うと、立ったまま、ペットボトルの水を勢いよく飲み干した。

「疲れてる？」

「俺のことはいいの。真子はどうしたの？　何があった？」

前を見ると、康生の顔があった。彼は私に目線を合わせ、優しく微笑む。

「大丈夫だから。ゆっくり話して」

頷くと、高木くんから聞いた話を、康生に語る。

高木くんが父の養子だったこと。父が未だに母を想っていること。病院にいる父に会ってほしいと頼まれたこと。そして……弟同然に思っていた高木くんの目的は、父親のために私を利用することだったこと。それが思った以上にショックだったこと。何のまとまりもない、拙《つたな》いばかりの話を、康生は黙って聞いてくれた。

一通り話を終えると、康生は無言のまま、私の肩をそっと抱いてくれた。その温もりに身を任せ、瞳を閉じる。

どれくらい時がたっただろうか。

涙はすっかり乾き、心も落ち着いた。

小さく息を吐くと、タイミングを見計らったかのように、康生が口を開いた。

「真子にとって、高木くんって、そんなに大事な子だったんだね」

穏やかなその声が心にじんわり染み入って、「うん」と、小さく答えた瞬間、はっとする。

「違うの！　大事だけど、本当に浮気とかじゃないから。一〇〇パーセント、弟への感情だから」

「わかってる。わかってるってば」

康生は、「落ち着いて」と手を上げ下げしてから、

「真子の話聞いたら、高木くんがいい子だってことわかったし。それに悪いけど、俺は、彼のこと、悪く言える立場じゃない」

苦笑する康生の言葉の意味は、すぐにわかった。

「……真子に初めて会った時、いいなって思ったのは、真子が俺の理想の女の子なんじゃないかって思ったからだよ。俺は将来、こうなりたいって家族像があって、その理想の家族の、父親として幸せになりたかった。それがどうしても叶えたい俺の夢、目的だったんだ」

ぽつり、ぽつりと康生が口にする。

「出会った時の真子は、俺の理想の女の子だった。だから恋に落ちた、って言えればまだ良かったんだろうけど……俺は『ピッタリだな』って、冷静に、頭で考えたんだよ。だから」

「言わないで」

康生の声を遮って、強く口にする。

「康生と高木くんは似てるよ。だけど、違う。康生も高木くんも目的を叶えるために私を選んだけど……康生の目的は、私の目的でもある。私の夢と一致してるもの」

「そうかな？」

眉根を下げる康生に、食ってかかるように言う。

「それに、条件に一致する相手なら私以外で良かったとしても、それでも康生は、今、妻になった私を大事にしてくれてる。だから私は幸せなの」

噛みしめるように口にしてから、康生を見つめると、彼は困ったように眉根を下げて、

「できてないよ」と小声で呟いた。それから、私が口を挟む暇もなく、続ける。

「言いたいことは色々あるよ。だけど、まずはこれ。一番大事なことだから、しっかり聞いて。——俺は真子が妻だから、大事にしてるんじゃない。真子が好きだから、大事にしたいんだ」

つまり康生は、妻としての私に満足してくれてるということで、そもそもそれは、私が

理想の女の子だったからで……。

「康生の理想は変だとは思うけど、ありがたいと思ってる。私、ラッキーだよね」

にこりと笑ってみせると、康生は一瞬、きょとんとして、それから眉間に手をやった。

「えーっと、違う。俺は別に、真子が理想だから、好きってわけじゃ……」

「つまり、完璧な理想とは違ったけど、一番理想に近かったから、好きってこと？」

「違う」

何やら話がかみ合わない。

「じゃあ、どういうこと？」

窺うように康生を見ると、彼の顔からふっと表情が消えた。

真顔のままじっと私を見つめること数秒、突然、にっと笑って、人差し指を私の額にちょんと突き付ける。

「思い上がりすぎだって、言ってんの」

「…………」

何だか、とてつもなく酷いことを言われた気がする。

「元来、俺の好きなタイプは、大人っぽくて色気がある、真子とは正反対の子なんだよ。ちなみに、魔の中学時代からずっと妄想してる理想の恋人は、お色気風な年上美人。そういう子が家族思いだと……こう、ギャップがさあ。あ、男ってギャップに弱いから」

――男は皆、ギャップに弱いんです！

いつかの高木くんの熱弁が耳元で聞こえた気がして、頭がくらりとする。

「性格は、年上の余裕たっぷりで、こっちを翻弄してくる感じ。色気たっぷり、ちょっとエロい感じで、でも、本当に困ったことがあったら、俺に泣きついてくるの。仕事終わったら、家で待ってたその子が『ご飯にする？　お風呂にする？　それとも私？』って抱きついてくるのが、理想のシチュエーション。ちなみに服装は、レースクイーンみたいにぴちぴちのボディスーツね。これ、当時ハマってたゲームのキャラに影響されてるんだ」

「えっと……あのさ、何が言いたいの？」

話を聞いているのが馬鹿馬鹿しくなって、低い声で尋ねると、康生はアハハと笑う。

「だから、真子が、俺の理想とはほど遠いってこと」

結婚して三年目にして、ようやく知った事実に、愕然とする。

康生は以前、うさぎ一家が理想と話した私に、自分もそうだと同意したではないか。

だからこそ、私はママうさぎのようになろうと努力してきたというのに。

私の今までの努力は何だったのか。

「じゃあ、ただ家族思いだからってだけで、私に声かけたの？　そして、そのまま結婚？　家族思いの人なんてたくさんいるのに、私で良かったの？」

前のめりになってそう問うと、康生は、朗らかに言う。

「声かけたのは、外見もタイプだったからだよ。初対面の時、真子、今とは違って大人っぽくて、セクシーな格好してたじゃん」

「あ」

言われて初めて、康生と初めて会ったコンパのことを思い出す。

あの日の私は、全てを香織にコーディネートされ、普段とは別人のような外見だったのだ。

「だから、前にも言っただろ？　香織ちゃんがキューピットだって。彼女が遊び心発揮しなきゃ、俺が真子に声かけることはなかったかもしんない」

「そ、そうなの？」

尋ねると、康生は真面目な顔で大きく頷いた。

「大人っぽくて色気ある派手な美人なのに、家族思いとか、まさに理想そのもの！　って思ってたんだけど……次に会った時、動物園で初めてデートした時の真子は、素朴で可愛らしい感じで、全然違う人みたいだった」

「……それはさぞかし、ショックだったんでしょうね」

「まあ、待ち合わせてすぐはね。だけど、デートが終わったころには、俺、真子のこと、好きだなあって思ってた」

康生は苦々しく笑いながら、とても優しい声で言う。

「理由はわからないけど、楽しかった。自然体で、こっちも気を遣わなくていいところとか、子供みたいに無邪気な顔で笑うところとか、他の人がそうでも、別に良いって思わないようなところも……どうしてか、相手が真子ってだけで、すごく可愛く見えた」

そこまで言って、康生はにこりと笑う。

「結婚したいなって本気で思ったのは、付き合って割とすぐ。真子の看病しに、家にお邪魔した時だよ。絵本のこと熱っぽく語る真子を見て、すごく『いい』って思った。心が震えた。好きだって、離したくないって思った。……それから、考えた。真子が理想って言った、うさぎ一家、お母さんのキャラ以外は俺の理想とも一致してる。結婚しても、うまくいくなって」

私もあの時、康生を好きだと実感した。

私たちは、同じタイミングで、互いを愛おしく思った。

たったそれだけのことが、胸が締め付けられるほど嬉しかった。

「それからも、真子のこと、どんどん好きになったよ。好きなものにはとことん一生懸命なところとか、頑固で融通が利かないところとか、頑張りすぎて、限界超えると、ぽーっとなっちゃうような、少し抜けたところとか……あ、香織ちゃんのことで落ち込んで、でも、素敵な彼氏に頼らず自分で何とかしようとするところとかも、全部、好きだった」

茶目っ気たっぷりに言ってから、康生はさらに続ける。

「理想とは全然違うけど、真子だから、好きになったんだ。結婚したいと思った」

——家族って、何の理由もなしに、その存在をそのまま愛して、まるごと受け入れられるものなんだって知ったんだ。うさぎ家族は、私の理想の家族で、これからこうありたいって姿なの。

かつて、私は康生にこう言った。

言いながらも、康生は違うと、そう思っていた。

康生は私のありのままは愛さない。だから、彼の理想の妻に、母にならなければと、そう思っていた。

康生が好きだったから。

見捨てられたくなかったから。

「だから多分、真子が専業主婦じゃなくなろうが、多少、家事をサボろうが、自分のやりたいこと見つけて熱中しようが、俺は真子が好きだよ。あ、浮気とかはダメだけど」

最後の一言を茶化すように言って、康生はにこりと微笑んだ。驚くほど優しい笑顔だった。

いつの間にか流れていた涙が頬を伝って、唇に触れる。

しょっぱいな、と思いながら、私も笑う。

「……私も、康生が好き」

「ありがとう」

「酔った時にうざくても、深夜にスイーツ食べさせてきてうざくても」

「……俺って、そんなにうざい？」

「麻雀して、たまに夜遅くなっても、スキューバしてお金かかっても、好き」

康生は目を丸くしていた。

私が康生の理想に縛られていたように、康生もまた、私の理想に縛られていたのだと思う。

パパうさぎは、麻雀もスキューバもしない。よく働く家族思いのパパ、それだけしか描かれていない。

だけど、もしかするとすごくグルメで高価なニンジンを買いあさっているかもしれない。マザコンでおばあちゃんうさぎに甘えているかもしれない。それでも、ママうさぎとしろうさちゃんは、パパうさぎが好きなのだ。

「私が康生を好きなのは、康生だから。それだけ。だから、今まで通りの康生でいて」

微笑むと、康生も照れくさそうに笑った。

「幸せになろう。誰かの真似をしなくても、俺たちなら、なれる」

深く頷くと、康生は私をぎゅうと抱きしめて、ややあって、ぱっと手を離した。

「よし、話を元に戻そう」

真面目な顔で言われて、首を傾げると、

「高木くんのことだよ」

と、苦笑いされる。

「色々話したけど、高木くんと俺は、同じだと思うよ」

「同じって？」

話が脱線しすぎて、経緯が全く思い出せない。頭を抱えて、仏頂面を作った私に、康生がつらつらと説明する。

「初めは、目的があって真子に接近した。だけど、真子のこと、いつの間にか本当に好きになった。だから、おやつ食べたり、身の上相談したり、趣味に付き合ったり、なんていう無駄なことばかりしていた。目的達成したいだけなら、そこに向けての効率的なアプローチをするはずなのに」

康生は畳みかけるように口にすると、声色を変えて、「つまり」と続けた。

「高木くんは、真子と一緒にいる時間が純粋に楽しかったんだと思うよ。今まで父親のことを言い出さなかったのも、真子との関係が壊れるのを危惧《きぐ》してのことだろう」

「……そうなの、かな？」

至近距離まで近づいて、互いの写真を撮り合ったあの時の、シャッター越しに見た高木くんの笑顔を思い出す。心の底から楽しそうなあの表情を生み出せたのは、私だからだと、うぬぼれてもいいのだろうか？

「会っても、いいよ」

ぼそりと、康生が呟いた。

「え？」

「もう会うなって言った俺が言うのもなんだけど……もう一度、会った方がいいと思う。真子が俺を選んでくれたことがわかって、安心して、少し冷静になった。前のあれは、くだらないやきもちだった。――仲直りしたら、俺にも紹介してよ。真子の弟なら、俺の弟でもあるんだし」

康生の言葉は優しくて、私は思わず頷きそうになった。

だけど、直前で首を振る。

「無理だよ」

高木くんにはまた会いたい。もっとたくさん話をして、今まで以上に仲良くなりたい。だけど、以前と同じではいられないのだ。

「私は、彼の目的を果たしてあげられない。父親には会いたくない」

自分の声が震えているのがわかった。

「会ってみたらいい。というか、会った方がいい」

康生はそう断言してから、ひょいと肩を竦める。

「……実は俺、転勤先、選べたんだ。まあ、北海道とか愛媛とか、どこも都内じゃないから、真子にとっては大差なかったと思うんだけど……その中でも大分にしてもらったのは、真子のお父さんが住んでるって聞いたから」

「は？」

固まっている私に、康生は申し訳なさそうに言う。

「真子、お母さんから父親の話、聞こうとしなかったんだろ？　だから、お母さん、真子が聞きたくなったら話してほしいって、俺に色々教えてくれてたんだ。……それで、難病にかかって、大分の病院で治療してるらしいって聞いてた。今、入院してることまでは知らなかったけどさ。俺、病院回りだし、もしかすると、お父さんの所在を掴めるかもって、近くに住んでれば会える可能性があるかもしれないって思って」

母と康生は親しかったから、そういう話をしていてもおかしくないと思うけど……父親の居場所を知っていたとは……。

「でも、どうして私が父親なんかに」

ぼそりと呟くと、康生は、はあ、とため息をついた。一拍置いて、天井を仰ぐと、腹を括《くく》ったとでもいうように、真っ直ぐ私を見つめる。

「真子がお父さんのこと嫌いなのって、自分を産むのを反対してたから？」

少しの沈黙の後、

「……それも、お母さん、に？」

息切れ切れに尋ねると、康生は眉根を下げて、ゆっくり首を横に振る。

「違う。でも、事の経緯は聞いたから、少し考えれば、想像できる。うまくいってた恋人同士が突然別れることになって、その際、女性が妊娠。普通に考えれば、男が出産に反対だったとしか思えない。そうじゃなきゃ、そのまま結婚すると思うし。──真子が父親のこと嫌ってる理由も、それとあわせて考えれば、すぐにわかる。会ったこともない、顔も知らない父親なのに、真子のお母さんは父親を悪く言わないのに、真子が彼をとてつもなく嫌ってる理由」

康生はそこで言葉を切ってから、私が話し始めるのを待っていたが、ややあって、私が何も言わないのを悟ると、しぶしぶ続きを口にする。

「つまり真子は、自分が望まれなかったという事実に気づいて、父親に嫌悪感を抱くようになった、って考えるのがスムーズかな、と。真子は父親を憎みながらも、罪悪感を抱えてる。自分がいなければ、二人はうまくいっていた、ってね。そしてそれが、さらなる嫌悪感に繋がっている」

康生の語る、その言葉の一つ一つが、胸にずきりと突き刺さる。

母が不幸なのは、私のせいだ。

ずっとずっと、そう思っていたのは、紛れもない事実だった。

「そしてそれは結婚した今も、拭えていない。罪悪感から自分の存在を否定して、幸せになっていいのかと迷ってる。それと同時に、父親になりたいっていう俺に対して、心の奥底で不信感を抱いている。真子、自分で気づいているかわかんないけど、昔からたまに、最近はかなり、不安な顔で俺を見るんだ。父親と母親の関係と、無意識に重ねてるんだと思う。真子が子どもを産むことに積極的になれない理由も、そこにあるのかもしれない。けど、それは一旦置いといて……とにかく俺は、一回会って、確かめてみればいいと思ったんだ」

確かめるって……。

「何を？」

「俺と父親が違うってこと」

康生はにっこりと笑った。

「俺はくそ野郎じゃない。そして、真子の家族だ。もちろん真子が妊娠しても、それ以外に、何だろう……とにかく、真子がどんなに変わったとしても、真子が好きだよ。さっき言った通り、真子が真子ってだけで、好きなんだ。——だから、真子の父親が真子の思う通りのくそ野郎だったら、『康生とは全然違う！　私の大好きな旦那様は、天地がひっくり返ってもこうはならないわ！』って安心すればいい」

康生は、うん、うんと頷きながら、自信たっぷりに言うと、何気ない口調で付け加える。

「もしかしたらだけど、思ったよりくそ野郎じゃなかった、って安心することもあるかもしれないよ。俺たちは、彼についての真実を知っているわけじゃない。知っている事実から、推測しただけだろ？　真子のお母さんから聞いたエピソードだけを見ると、彼はむしろ――」

「嫌っ！」

思わず、叫ぶような声が出た。

「……言わ、ないで」

途切れ途切れに呟く私を、康生が困ったような顔で見つめている。

「何が嫌だった？」

私は小さく息を吐くと、瞳を伏せて、「ごめん」と謝った。

「康生の言ったこと、ほとんど合ってたよ。私は、父は子どもができたから、母を捨てたって知ってたし、それに対して、母に申し訳ないと思ってた。父親って存在を、無意識に康生と重ねてたのも、言う通りだと思う。――だけど、私がそのことを知ったのは、自分で考えたからじゃない」

普通に考えれば、康生はそう言ったけれど、私は高校生になるまで、その可能性を考えたこともなかったのだ。それは多分、幼い頃聞いた母の声が、困った顔が、あの時のショックが、頭に焼き付いていたから。

――パパ、ママのことが嫌いになっちゃったみたい。

もしかすると、あれは、そこから先の事実を勘繰らせないための、母の計算だったのかもしれない。

「じゃあ、どうして?」

恐る恐る私を覗き込んだ康生をじっと見つめ、小さく呟いた。

「父から、手紙が来たの」

＊

誰にも話したことのない、夏の日の思い出。

高校に入学して間もない、七月一日、母の誕生日。

封じていた記憶なのに、口を開くと、全てがリアルに思い出される。

あの日、母の誕生日のお祝いをするために、授業が終わってすぐ、学校から飛び出した。痛いほどの太陽を浴びながら走って、途中で寄った洋菓子店でケーキを買った。近所だからと保冷剤を断ったのを、すぐに後悔した。急がないと、美しく飾られた生クリームが溶けてしまうかもしれない。それほどに暑い日だった。

急いで玄関に入ろうとして、ふとポストから覗いた封書が目に入った。手に取ると、真っ白な封筒に、丁寧な、だけど癖のある字で母の名前が書かれていた。通信手段が発達したこの時代に、わざわざ手紙を送るなんて。年賀状と暑中見舞いのほかは、ダイレクトメールくらいしか届かない我が家への手紙。差出人の名前はない。少しだけ驚いて、同時に嫌な予感がして……私は鞄に手紙を突っ込むと、ひとまず忘れることにした。

家に入ると、急いで台所に駆け込み、ケーキを冷蔵庫に入れた。そのまま、準備にとりかかる。二人きりだけど、いや、二人きりだからこそ、お祝い事はできる限り盛大に祝いたい。唐揚げに、ポテトサラダ、おにぎりと、グラタン、野菜スティックに、たくさんのフルーツ、そして大きなホールケーキ。母親の誕生日を祝うには、子どもっぽいラインナップだけど、このいかにもな誕生日を祝いたかった。

料理とケーキ、飲み物も全てテーブルに並べると、一気に誕生日感が増した。母は帰ってくるなり、大げさに喜んでくれた。最高に優しい娘を持って幸せだと、真子がいれば何もいらないと、何度も繰り返し口にしてくれた。

手紙のことを思い出したのは、夜、自室に戻ってからだった。

本来なら、母にこのまま渡すべきだ。家族とはいえ、プライベートはある。手紙の封を勝手に開けるなんて礼儀知らずなことは、本来ならしない。しかし、私は気がついてしまったのだ。青木の「木」の字に、妙に癖があることを。左右のバランスが悪い、妙に特徴的な字。封筒に書かれているその字は、私が書くものとよく似ていた。

迷った末、恐る恐る封を開いた。「間違えちゃった、ごめんね」何でもない知人からの手紙であれば、その一言で済ませてしまえば良い。母だって怒ったりはしないだろう。私は普段、そこまで不躾《ぶしつけ》な娘ではない。きっとわざとではないことを、信じてもらえる。

手紙は三枚にわたって書かれた長いものだった。

軽く目を通すだけのつもりだった。何でもないことを確かめるだけで良かったのだ。しかし、一枚目を眺めた瞬間、私は全てを察してしまった。

手紙が、父からだということを。

雅美、久しぶり。一八年ぶりかな。元気にしていますか？　今更こんな手紙を送りつけるなんて、君は怒るかもしれない。だから、初めに約束する。今後、一切こんな真似はしない。これは、寂しい男の最後のあがきだ。

この手紙は、旧友の春木《はるき》に託した。僕が無理やり頼んだのだから、彼のことは責めないでやってほしい。彼は意地でも君の住所は教えてくれなかった。

雅美、僕は君のことが好きだ。昔も、今も。

あんなことにならなければ、今でも一緒にいたのかと、女々しいとは思いつつ、未だに考えてしまう。子どもを堕ろしてくれだなんて、女性にとっては残酷なことなのだろうね。すまなかった。君を気遣えなかったこと、とても、後悔しています。

知っているかもしれないが、僕は夢を叶えた。君たちを犠牲に、叶えた夢だ。事を成したら連絡しようと思いながら、早くも一八年。ようやく、自分で自分を認めることができた。遅くなってしまったが、雅美と子どもと、家族になりたい。

もう一度、やり直せないだろうか。君のことだから、一人でも立派に子どもを育てていることだろう。もしかしたら、父親が既にいるのかもしれない。そうであれば、手紙は破って捨ててくれ。だけど、もし、少しでも僕に思いが残っているなら、返事をくれないか。今度こそ、君を幸せにしてみせる。


読み終えた直後、思い浮かんだのは母の言葉だった。幼い頃、父のことを尋ねた私に、母が言った言葉。

――パパ、ママのことが嫌いになっちゃったみたい。

母は、あの時、嘘をついた。

父は、母を愛さなくなったのではない。

私ができたから、母と別れたのだ。

働き詰めの毎日、頼る相手すらなく、一人で私を育てることになったのは、他ならぬ私のせいだったのだ。

母に対する申し訳なさが湧き上がり、だけどその後、それは燃え盛るような怒りによってかき消された。

何という男だろう。身勝手で、一方的で、今更な話だ。

母にはもっと、相応《ふさわ》しい人がいる。

父のことは忘れて、他の人と幸せになるべきだ。

手紙はすぐさま破って捨ててしまった。

私が知りうる限り、手紙はもう届くことはなく、私はその事実にほっとしていた。

後悔したのは、母が死んでから。

母が大切にしていた、擦り切れてボロボロになるほどに触った写真が、父の撮ったものかもしれないと気づいてから。

母が恋人を作らなかったのは、未だに父を愛していたからかもしれない、と思ってから。

母がどうして、父そのものの写真を残していないのかは知らない。

だけど、父を憎んでいたら、父が撮ったこの写真を大事に取っておくはずがない。

父は最低な男だと思う。手紙を読んだ高校生の時も、大人になった今でも、その思いは変わらない。だけど、その最低な父であったとしても、母は戻ってきてほしいと願っていたのかもしれない。いつか会えるのを、心の支えにしていたのかもしれない。父と再会し、家族に戻れれば、仕事に全てを打ち込むこともなく、もっと長く生きられたかもしれない。

——幸せになれたのかもしれない。

奪ったのは、私。

私は母から、二度も大切な人を奪ったのだ。

取り返しのつかないことをしたのだと、そう思った。

*

全てを吐き出してから、私はさらに続ける。

「私は……父親がろくでなしだと思いたかった。父がどうしようもない男なら、母が父と再会しても、幸せにはなれなかっただろうって思える。母の不幸の責任を、全部押し付けられる。だけどもし、子どもがいらないだけで、母を心から愛していたら……いい夫になりそうだって思えたら、責められなくなる。母さんを不幸にしたのは父親じゃなくて、私だって、自分を責めなきゃいけなくなる。——それが怖い」

ああ、口に出してみれば、私だって最低だ。

家族より自分のことを考える身勝手さに怒りをぶつけ、ひどい男だと罵倒《ばとう》した。そんな父親のことなんて理解できないと、心情など全くわからないと、そう思いたかった。だから気づかないふりをした。

だけど、無意識に同じ行動をとってしまうほど、私は父に似ている。父を疎《うと》みながらも、理解していた。

きっと手紙を読み、父が去った原因が私だと知った時から、ずっと。

父に似た自分が、大嫌いだった。

そして、私と違う、誠実で家族を愛する、嘘なんかつけない真面目な康生を、愛していた。

でももし、康生が去ってしまったら？

考えると怖くて堪らなかった。私は、本当に一人ぼっちになってしまう。そして、康生が去っても、私は責めることなんてできない。その気持ちが、痛いほどわかってしまうから。

「そっか」

康生は、小さな声でそう呟いた。

しゃくりあげる私の背中を撫でながら、柔らかな声で言う。

「……じゃあ、会わなくても大丈夫。きっと、くそ野郎だ」

＊

「ごめんね、高木くん」

水曜日、病院には行かないつもりだった。

静かな部屋の中、時計の秒針の音だけが響いていた。病院で一人待ちぼうけをくらわしてしまう彼のことを思い、胸が締め付けられる。小さく息を吐いた時、玄関の方で、ガチャリ、と音がした。

どうやら郵便物が届いたらしい。ポストに手を入れると、中には可愛らしいピンク色の封筒が入っていた。


まこお姉ちゃんへ。


最近漢字も覚えたのだという奈々未ちゃんからの手紙だ。

――堕ろした方がいいと思う。

かつて、自分が口にした残酷な言葉を思い出す。

本当に、私と父はそっくりだ。

手紙を読んだ感じだと、父は一応、母のことを愛していたのだろう。だけど、私を身ごもったことが許せなかった。彼は、父親になるのが嫌で、母を追い出した。

自分勝手で、残酷で、最低最悪の男。かつての私も、全く同じだった。

香織は私の心配をよそに、奈々未ちゃんを産んだ。

そして私は奈々未ちゃんに会って、彼女が生きていることに、心から感謝した。

もしかしたら……父も、私に会えば、思い直すのだろうか？　子がいて良かったと思うのだろうか？　だって父は、高木くんを育てたのだ。真っ直ぐで優しいあの子から、慕われているのだ。

だけど……。

「私が会うのは、私を望まなかった父だもんね」

今、老いた父がどんなことを思うのかはわからない。だけど、彼は過去に生きている男だ。母を愛し、私を殺したがっていた、当時の父なのだ。


まこちゃんにまた会いたいな。

ママと一しょにあそびにいきます。


可愛らしい文字をもう一度読み直して、封筒の中を見ると、もう一枚、便せんが入っていることに気づいた。お手本のようにきれいな文字は、香織のものだ。小さな字でぎっしりと文字が綴られていて、少しだけわくわくしながら、紙面に目を通す。

真子、先日はどうもありがとう。あの時、本当は言いたかったことがあったのだけど、面と向かって口にする勇気が出ませんでした。だから、手紙で伝えます。

どうしたんだろう。もしかして、もっと私を責め立てたかった、とか？ハラハラしながら、文字を追うと、驚くべきことが書かれていた。

私はずっとずっと、真子に謝りたかったことがあります。私たちが初めて会った、小学生の時のことです。

私はあの時、真子のことを、「かわいそう」だと言いました。お父さんがいなくて、お母さんと二人で暮らす真子はかわいそうだと。あの言葉は、単なる私の願望だった。父親がいない真子が、不幸だったらいいなと思っていました。

当時の私は、すごく不幸でした。

父親は女好きで、よそでたくさん浮気していたし、母親に暴力をふるってた。外聞を気にする人だったから、外面《そとづら》は良かったけど、家の中は冷え切っていました。だから私は、私より可哀想な人がいる、と思うことで、自分を保とうとしたの。

だけど、真子が幸せだってこと、すぐにわかってしまいました。

真子と真子のお母さんはすごく仲が良くて、二人はいつも楽しそうだったね。寂しいことや悲しいことがあっても、お互いを思う気持ちで、心の隙間を埋められる、そのくらいの温かさがありました。羨ましいくらいに、幸せだと思いました。

本当は、何度も伝えようかと思ってた。だけど真子は、私のこと、大好きなしあわせうさぎに似てるって言ってくれて……幸せそうな私を、好きだって言ってくれてたから。そうじゃないって、言えなかった。失望されるのが怖かったの。だけど、ちゃんと言うべきでした。

本当に、本当に、ごめんなさい。

この前、真子と再会して、真子は今も、子どもの時の自分をかわいそうだって思ってるんだってわかりました。だけど、私が言えたことじゃないけど、どうか思い出してほしい。

本当は、真子は幸せだったってこと。

確かに寂しい時はあったかもしれない。悔しい思いもしたかもしれない。

だけど、そんな時間があって尚、笑い飛ばせるくらい、幸せだったはずです。

真子は、私のこと、そして、奈々未のことをかわいそうだって言ったよね。

奈々未のことは、正直わかりません。そうでなかったらいいと思ってるけど、それは本人が判断することだから。

だけど、私は今、幸せだよ。

それは、好きな人とうまくいったとしても、うまくいかなかったとしても、一緒です。

確かに生活は楽じゃないし、頼れる人もいません。だけど、愛する奈々未がいて、一緒に楽しく暮らせています。それだけで、信じられないほど幸せなんです。

だから、真子のお母さんも、幸せだったと思います。

再婚しないまま亡くなったとしても、それでも、絶対にそうだと、言い切れます。

だって、真子がいたんだから。

真子の存在そのものが、お母さんを幸せにしたんだよ。

いつの間にか、力が入っていたのだろう。手紙にはあちこち皺が寄ってしまっている。

――かわいそう。

幼い頃、初めてそう言われた時、私はまだ、香織を信じていなかった。それなのに、あの言葉を否定しなかったのは、楽になりたかったからだ。

私は弱くて、自分に自信がなかった。周囲と自分の意見が違う時、自分を信じられない子どもだった。だから、かわいそうだと思われている自分を、かわいそうじゃないと否定するのに、疲れていた。

それからすぐに香織を大好きになったけど、思えばあれ以来、香織は私に一度も「かわいそう」だと言っていないのだ。

それなのに、私はずっと、私を「かわいそう」だと思い続けた。

香織は今、私は「かわいそうじゃなかった」と言う。

大好きな、あの頃の私を知っている香織が、私は幸せだったはずだと言う。

大きく、深呼吸した。

心を落ち着けて、思い出す。

母親の仕事が遅い時、テレビを流して気を紛らわしていた。図書館で借りた本が思っていたよりずっと怖くて、外から聞こえる風の音にびくついて、ぬいぐるみをひたすらに抱きしめていた。

だけど、母が帰ってきて、ぎゅうと抱きしめてもらった時、今まで怖かった分、温かさが身に染みた。怖い話は母に話すと笑い話に変わり、風の音は眠りを誘うBGMになった。

母を喜ばせたくて、テレビでやっていたオムレツ作りに挑戦したけど、焦げ焦げの真っ黒な物体ができてしまって、泣きそうになった。

だけど、その真っ黒な物体を、母はぺろりと完食してくれた。バターは焦がしても美味しいのだ、という豆知識を授かったし、その後、上手なオムレツの作り方を教えてもらった。おかげで、今ではオムレツは、私の一番の得意料理だ。

図工の授業で、家族の絵を描きましょう、という課題が出た時、母と自分の手を繋いでいる姿を描いたら、「これじゃ、友達じゃん」と、クラスメイトに笑われた。私の絵が下手なせいなのもあるけれど、女二人で家族に見せるのは難しく、何度も描きなおした。しかし、一向に満足いくものはできなくて、悔しかった。

一枚絵ではうまく伝わらないことに気づいて、家に帰って、数枚描き足した。ホチキス止めにして絵本にしたのだ。思えば、私が初めて絵本を描いたのは、あの時だった。

主人公はもちろん母だった。母と、娘の私との、楽しい日常。小さな家族の、とびきり幸せな物語。ラストは物語の常套句、いつまでも幸せに暮らしました。

あの頃の私は、自分たちが幸せだと知っていたのだ。

絵本を見た母は、涙を流して喜んで、真子は日本一の絵本作家になれると豪語した。それが嬉しくて、私は絵本作家を目指すようになった。

間違いない。

私は、幸せだった。

そして、母も。

私が母さんを不幸にしたと、そう思っていた。

だけど、そうではないのだ。

私は未だに自分を信じきれない。だけど、他でもない香織が、絶対にそうだと言いきってくれた。

香織の、光の粒子を散らしたみたいな朗らかな笑顔を思い出し、子ども時代、どんな環境で育ったとしても、彼女はやっぱり、私にとってのしあわせうさぎだと、次に会った時には、それを伝えたいと、そう思った。

＊

母は不幸ではなかった。

そう思えた今、もう恐れるものはない。

「私、やっぱり父に会ってみる」

電話で伝えると、康生は戸惑っている様子だった。

「いいの？」

「うん、私、もう大丈夫。これからでかけるね」

香織から手紙がきたこと、母が幸せだったと信じられること。

そうとわかれば、残っているのは興味だけ。お世話になった高木くんのためにも、父に会いに行くことを決めたこと。

簡潔に伝えると、康生は嬉しそうに言う。

「俺もついて行っていい？　迎えに行くからちょっと待ってて」

「仕事は？　忙しいんじゃないの？　一人で大丈夫だよ」

「こういう時に休めるように、いつも忙しく働いてるの」

じゃあ、準備しててね。それだけ言って、プツリと電話は切れてしまった。
ツーツーと流れる機械音を聞きながら、頬が緩む。
この優しい人が、私の夫なのだ。
大好きな母が愛した人は、どんな男なのだろう?
母を愛し、だけど、私を捨てた父。
彼に会ってみたい。初めて素直にそう思った。

六　しろうさちゃんのちょうせん

病院の前で所在なく立ち尽くす高木くんが、車の中から見えた。行かないと宣言したのに、それでも待っていてくれるのは、私を信じてくれているから？　それとも、高木くんの意地なのだろうか？

「高木くん」

車を停めて声をかけると、高木くんが駆け寄ってくる。

「来てくれたんですね！」

言うと同時に、彼は私の隣に視線を移す。

「私の夫の、康生」

一緒に来るとは思わなかったのだろう。高木くんは驚いた顔をして、

「あ、あの、初めまして。僕、高木と言います。真子さんには、進路のこととか、相談に乗ってもらって、とてもお世話になっています」

早口でそう言いきったあと、頭を下げ、真剣な顔で言った。

「姉のように、思っています」

慌てて付け足したのは、前回、浮気相手だと誤解していると話したからだろう。康生は、怯えたように縮こまる高木くんに、穏やかな笑顔を返す。

「真子がお世話になりました。夫婦喧嘩に付き合わせて悪かったね。もう誤解は解けたから、気にしないで」

高木くんが、胸を撫で下ろすのがわかった。

「本当にすみませんでした。では、行きましょう」

高木くんは困ったように笑って、ゆっくりと歩き出す。

「前にも言いましたが、父は過去に生きています。今日もおそらく、雅美さんが出て行ってから、数日後。父は、彼女の帰りを待っています」

私はきっと、父の記憶の中の母そのものだ。きっと父は、私を母だと思うに違いない。

父は、母に謝るのだろうか、あの手紙と同じように。

母なら、その謝罪に何と答えるのだろうか。

母の死後、何度も考えた。

もし、手紙を母に渡していたら、母は返事を書いたのだろうか、と。

父の居場所はわかっていたようだから、連絡を取ろうと思えば取れたはずだ。それなのに、会わなかった。とすれば、自分を捨てた男になど、やはり会いたくなかったのだろうか？


だけど、そうだとしたら、あの写真のことに説明がつかない。

母が懐かしそうに何度も眺めていた、父が撮った写真。

考えれば考えるほどわからない。

私は父に何を言うべきだろう。

高木くんは父を、母に、そして、私に会わせたいと言った。

会わせて、どうしたいとは言わなかった。

「ここです」

高木くんが小さな声でそう言って、我に返る。康生が心配そうにこちらを見るのがわかって、私は慌てて笑顔を作った。

「大丈夫、行こう」

その声に頷くと、高木くんはドアを開けた。

病室とは思えないほどの立派な一人部屋だ。その中央に置かれた大きなベッドに、初老の男性が横たわっていた。痩せ細り、身体のいたるところから血管が浮き出ている。頬はこけ、目は焦点が合うことなく、開かれているだけだ。

これが、私の父なのか。

父親であるこの男の前に立っても、少しも感慨など湧かなかった。肉親に会えた喜びなど、一欠片《ひとかけら》も感じない。

やはり、あるのは興味だけ。

母が愛したこの人は、私を捨てたこの男は、どんな人間なのか。

高木くんには悪いが、この男を喜ばせたいとも思わない。

「父さん、会いたかった人が来てくれました」

高木くんが、わざとらしいほどの明るい声でそう言うと、虚《うつ》ろだった瞳に光が宿った。

かける言葉が見つからず、笑顔を作ることしかできない。やがて男が手を伸ばし、私は彼に歩み寄った。手を握られた。驚くほど、強い力だった。

「雅美」

戸惑いつつも、しっかりと私を見つめる瞳から、目が離せない。

「君が出て行ってから、ずっと謝りたかった」

手に込められた力は、ますます強くなる。

骨と皮だけの、このか細い腕のどこに、この力が残っているのか不思議なくらいだ。

「すまない。君から捨てられても仕方がないことをした」

捨てられて？

ごくり、と唾を飲む。

父は、捨てられた、と言った。

捨てた、のではなく。

「私が、あなたを捨てた？」

冷静に考えれば不自然な物言いに、戸惑う様子もなく、男は続ける。

「そうだ。子どもを堕ろしてほしいだなんて、馬鹿なことを言った僕に、君が愛想を尽かしたんじゃないか。君は言ったね。一瞬でも、子どもの死を願った僕が許せないと。本当に、僕は大馬鹿者だ」

康生が息を呑むのがわかった。

思えば、根拠があるわけではなかった。私が勝手に、父が母を捨てたのだと思い込んでいただけだ。子供ができた女を邪魔に思い、捨てる男。そう言う構図ができあがっていた。

母が、父を捨てる可能性なんて、考えたこともなかった。

それは……母が幸せだった生活を、愛する男を捨ててまで、私を産んでくれたということだ。

「雅美が好きだと言ったから、写真を撮り始めた。だけど、君がいなくなっても、もうやめるなんて言わない。僕は写真が好きだし……君から軽蔑されたくない。怒られたくも、ない。だからこれからは、自分のために続けるよ。君と、子どもを犠牲にしてまでも、手に入れたかった夢を、必ず叶えてみせる。――そして、君に言いたいことがある」

――父は過去、大切な人のためにって、頑張っていたことがあったそうです。だけど、その人とケンカしてしまって、それで、「頑張っていたこと」もやめようとした。そうしたら、その人から怒られたらしいんです。「私を理由に使わないで」って。

父は、母と別れ際、写真を撮るのをやめる、と言ったのだろう。そして、母に怒られた。

覚悟を決めた父は、写真家になるという夢を叶えた。

「君は、頷いてくれないかもしれない。だけどどうしても、夢を叶えた後で言いたいんだ。ひたむきに夢を目指す僕を、愛してると言ってくれた。離れても、僕の写真が好きだと、一番のファンであり続けると言ってくれた。だからこそ、僕は頑張ることができる」

その言葉で、全てが腑に落ちる。

母は父の元を去る時、彼を愛することをやめたのだ。

母は父の、ファンになった。

彼女は、彼を応援する一人として、彼の撮った写真を残しておいた。

そして一人で、私を産んだ。

「今までありがとう。そして、本当にすまなかった。娘が生まれたら、彼女にも謝罪をさせてほしい」

男は見開いたままの瞳から、涙を流した。

つらりと頬に垂れた雫を見つめながら、私は小さく息を吸い、そして、強く言う。

「許してる」

母は、父を憎んではいない。今の私には、それがわかる。彼女は、立派に写真家になった父を、誇らしく思っていたのだから。

娘の死を願った父親を、母としては見捨てたかもしれない。

手紙を渡しても、おそらく誘いには乗らなかっただろうと思う。

しかし、一人のファンとして、ひたむきに夢を追いかける男を応援していたのだ。

「娘もね」

そう付け加えたのは、私の本心だった。

母が幸せだったと、そう思える今、私に父を恨む理由はない。

だって、私は幸せなのだ。

愛する母から愛され、愛する康生は傍にいてくれる。

誰が何と言おうと、私は幸せだ。

「理由は聞かずに、謝罪とお礼を聞いてほしいの」

私が言うと、彼は大きく頷いた。

「ごめんなさい」

あなたの真剣な想いを、この手で破り捨ててしまって。

「そして、――ありがとう」

私は父親似です。だからこそ、あなたのアドバイスが深く心に響きました。好きなものを楽しむ心を、思い出すことができました。

それから……本当はこんなこと言いたくないのだけれど、事実として、あなたがいなければ、私はいません。

だから、ありがとう。

こんなに幸せな人生をくれて、ありがとう。

目が合うと、彼は顔をくしゃくしゃにして、笑った。

「ありがとう」

涙の滲んだ瞳でじっと見つめた後、ふいに私から視線を逸らす。

「――ありがとう」

部屋の隅に立っている高木くんを見つめながら、彼は再びそう口にした。


「真子さん、これ、もらってください」

別れ際、病院の出口で高木くんに紙袋を渡された。

「何、これ？」

持ち手のところがテープで留められているからよく見えないが、中にはピンク色の包装紙で包まれた、何かが入っている。

「今日と、これまでのお礼です。色々お世話になったから。その、真子さんが欲しそうにしていたものを選んだつもりなんですが……もしかしたら、購入済みかもしれません。すみません」

ぱっと顔を上げると、高木くんと目が合った。

口元は笑っていたけど、瞳は真剣だった。宿っているのは、目的を果たしたのだという達成感と、少しの寂しさ。彼は今日、私とお別れするつもりなのだ。

まあ、そっか……彼にはもう、私と会う理由はない。受験生の貴重な時間を割いて、私との時間を作る必要なんてないのだ。しんみりとした気持ちで彼を見つめていると、

「あ、高木くん、今度うちに遊びに来ない？」

唐突に、康生がにこりと笑ってそういった。

「「え？」」

私と高木くんは同時に呟いた。

「おお、二人とも、リアクション同じ。姉弟っぽいよ」

アハハと笑ってから、康生は言う。

「名実共に姉弟だったんだからさ、仲よくしなよ。一度、縁切れって言った俺が言うのもなんだけど」

一呼吸置いた後、先に口を開いたのは高木くんだった。

「いいんですか？　僕、理由はあったとはいえ、真子さんのこと騙してたわけですし……

嫌われてしまったかと思ったんですが」

申し訳なさそうにこちらを窺う高木くんを見て、私はつい先日、学んだことを思い出す。

相手に配慮するばかりが、人間関係を円滑にするのではない。信頼できる相手と、より深い仲になるためには、時には甘えることも必要なのだ。

「これからも、高木くんとは姉と弟の関係でいたい。待ってるから、絶対に遊びに来て。食べたいもの教えてくれたら、リクエスト、何でも作ってあげるよ」

高木くんはきょとんとした後、嬉しそうに頷いた。

「わかりました」

今、手元にカメラがないのが残念になるくらいの、最高の笑顔だった。

「あ、僕、ドーナツ食べたいです。真子さん手作りの、すっごく豪華なやつ！」

「図々しいなあ」

ぼやくように言いながらも自然と頬が緩んでしまった私は、根っからのブラコンなのかもしれない。

＊

高木くんからもらったプレゼントは、一冊の絵本だった。

『しろうさちゃんのちょうせん』

膝の上に絵本を置いて、タイトルを読み上げると、康生が不思議そうに聞いてくる。

「それ、初めて見るな。しろうさちゃんの絵本で、真子が持ってないのなんてあったんだ」

「うん。新作なんだ」

言いながら、素直に、やられた、と思った。

――欲しそうにしていたものを選んだ。

高木くんは、フワッとしているようで、意外と見ている。目ざといのは認めるけど……しかし、肝心の読みが反対だ。私は確かにこの本に意識を囚《とら》われたけど、それは読みたくなかったからなのに。

苦笑しながら、覚悟を決めて、ページを開く。

しろうさちゃんは、もりでたすけたみみずくのおばあちゃんから、すてきなわんぴーすをもらいました。はねのようにかるく、はなびらのようにつやつやで、わたがしのようなあまいかおりのする、わんぴーすです。

花咲き乱れる野原でくるくる回るしろうさちゃんが可愛くて、うっとりしていると、

「ほら、次」

と、康生に急かされた。

しろうさちゃんがもらったのは、着るだけで幸せな気分になれる、魔法のワンピース。森の皆は羨ましがるが、ワンピースは一枚しかない。皆にも幸せになってほしいと思ったしろうさちゃんは、みみずくに弟子入りし、洋服屋さんになろうと決意する。

みみずくのミシンを借りて、カタコトカタコト作業する。いろいろな洋服ができあがり、その都度、皆にプレゼントをするが、喜ばれるどころか文句を言われてしまう。疲労困憊《こんぱい》だけど、それでも諦めず、しろうさちゃんはミシンを使う。そしてとうとう、誰もが認める素敵な洋服ができあがった。彼女は見事に夢を叶えたのだ。めでたしめでたし。

先生らしい温かい文章と、それにばっちりはまったかわいらしいイラスト。

相変わらずの素敵な物語だけど、感動するより先に、驚いた。

だってこれって、もしかすると……。

「真子への手紙、なんじゃないの？」

私の思考を読んだように、そう言って、康生が指差したのは、しろうさちゃんが着ているワンピース。

「これ、真子が着てたスーツに似てる」

ワンピースというからには、上下は繋がっている。だけど、色はグレーで、絵本の挿絵にしては何だか地味だし、ふんわり広がったフレアスカートや、すみれ色の裏地、そして何より、襟元にさりげなく刺繍された「M」のイニシャル。魔法のワンピースは、母からプレゼントされ、大切にしていた、あの服、先生に褒められたスーツにそっくりだった。

「……先生、がんばれって言ってくれてるのかも」

先生は、私に「その程度」と言った。

私はその言葉を、その程度の才能しかないと解釈していたが、本当は違ったのかもしれない。先生はどんなに苦言を呈しても、描いた絵本は最後まで読んでくれた。それなのに、最後は開いてさえくれなかった。

私は先生にこう言ったはずだ。

――これ、最後だと思って、描きました。これで無理なら、きっぱり諦めます。

この程度、とは、才能ではなく、気持ちのことだったのではないだろうか。

誰かに否定されて諦めるくらいの気持ち、「その程度」の気持ちなら読むのに値しないと、先生はそう言いたかったのではないか。

見放されたと思ったけど、違ったのかもしれない。

あれも先生の愛情だったのかもしれない。

彼女にとって、私は今でも「家族」なのかもしれない。

そう思えるようになったのは、色々な家族を認められるようになったから。

相手に自分の全てを捧げて、献身的に尽くすことだけが、家族に対する接し方ではないとわかったから。

世の中には色々な幸せがある。そのそれぞれに適した、愛情と、家族の形がある。

色々な母親がいる。

思い浮かぶのは、身近な女性。娘を愛したこと以外は正反対の、だけど幸せな二人。

私の母親、青木雅美。

彼女は夫を捨てたが、彼を憎まなかった。嫌だ嫌だと言いながらも仕事を続け、結婚はしなかった。娘にだけ愛を注ぐことで、自身と娘を幸せにした。

私の親友、新田香織。

彼女は男から騙され、その男を憎んだ。家庭に苦しみ、仕事をすることを楽しんでいる。一人娘に愛を注ぎながらも、新たな恋人を見つけ、愛したいと思っている。

そして、私の恩師、望月京子。

彼女は伴侶も子どももおらず、必要ないと思っていた。仕事だけをひたすら愛し、だけど晩年になって、家族愛を知りたくなった。四年という期限つきで娘の代理を愛しながら、同時に、仕事にも精を出した。そして——。

「先生って、自分の子どもを主人公に、絵本描きたいって思ってたんだって」

酒に酔い、珍しくも饒舌《じょうぜつ》になった先生が零した、ささやかな願望を思い出す。

「じゃあ、もしかして、望月先生も夢を叶えたのかもね」

そうだったらいい、と強く思う。

私は先生のことを、今でも第二の母親だと思っているから。

「私の夢も、それにする」

「え、何？」

顔を覗き込んできた康生に、私はにこりと笑いかける。

「子どもを主人公に絵本を描いて、その絵本を、いつか子どもに読んでもらいたいな」

康生はきょとんとした顔で私を見つめて、

「もう、怖くないの？」

慎重な口ぶりでそう尋ねる。

「怖くないよ」

私はきっぱりと断言する。

「子どもができたら何もできないって思ってた。子ども以外のことは全部、捨てなきゃいけないって思ってた。だけど今は、香織と会って、そうじゃないのかもって……思えるようになったの。子どもができても、何かをしたいって思うし、そう思ってもしてもいいんじゃないかって。——あのさ、康生。私、子供をしっかり可愛がる。大切に育ててあげる。だけど、それだけの自分は嫌だ。もう一度、絵本関係の仕事に就きたいし、それが無理でも、せめて絵本を描きたい。プロになれるかはわかんないけど、私は私のために、ずっと絵本を描き続けたい」

私が設けていた制限は、私自身が作ったものだった。

幸せはこうあるべきだという思い込みが、私を不幸にしていたのだ。

「俺も、仕事しながら、趣味を楽しみながら、たまには妻にうざったくちょっかいを出しながら、子どもをたっぷり愛してあげたい。それが、俺にとっての幸せ」

私たちには、私たちの幸せの形がある。

康生となら、それが叶えられる。

絵本をそっと閉じて、康生の肩に頭を寄せた瞬間、

「よし、じゃあ、手帳出して」

康生が晴れやかな笑顔でそう言った。

「……何で？」

「何でって、目標決まったら、実現するための計画立てなきゃ。思ってるだけじゃ、うやむやになるんだから、手帳にしっかり書き留めとかないと。ほら、早く」

背中を押されて、しぶしぶ立ち上がる。

膝の上で手帳を開くと、相変わらずの白いページをじっと見つめて、ため息をついた。

「んー、まずは一冊、絵本を描いてみること。今すぐできることはそれだけだし、とりあ

えず、その予定だけ立ててみよう。しばらく描いてなかったみたいだから、勘を取り戻すために頑張らないとな。構想には何日くらいかかる？」

「えっと……五日くらいほしい」

「じゃあ、今日から五日ね、書き込むよ。次、下書きは？」

「えっーと、三週間。あ、でも、時間はたっぷりあるから、二週間でいけるかな？」

「了解、じゃあ次――」

康生の手により、手帳の空白がどんどん埋まっていく。

カレンダーの中に書き込まれた几帳面な字を見ていると、鼻の奥がつんとした。

かつて母の死を実感したのは、彼女の手帳の空白を見た時だった。

私はあの時、何の予定もない、母の未来に絶望したのだ。

今思えば、ここ四か月の私は、それと同じで、生きていないようなものだった。だけど、たくさんの人が私を生かしてくれた。

「貸して、私が書く」

私には、未来がある。

まだ未確定の未来を、私がこれから、自分で作っていくのだ。

幸せに、なるために。

光文社文庫

文庫書下ろし
しあわせ、探《さが》して
著者　三《さん》田《だ》千《ち》恵《え》

2022年2月20日　初版1刷発行

発行者　鈴木広和
印刷　豊国印刷
製本　ナショナル製本

発行所　株式会社光文社
〒112-8011　東京都文京区音羽1-16-6
電話（03）5395-8149　編集部
8116　書籍販売部
8125　業務部

ISBN978-4-334-79308-1　Printed in Japan

組版　萩原印刷